ことのは文庫

ネコとカレーライス

ビリヤニとガンジスの朝焼け

藤野ふじの

MICRO MAGAZINE

The Spicy Scent ~The white cat with curry rice~

Contents

ネコとカレーライス

ビリヤニとガンジスの朝焼け

プロローグ

店の鍵《かぎ》をしっかりとかけ、ドアにかけてある案内板が「Ｃｌｏｓｅｄ」になっていることを確認する。念のためにドアノブを握り回す。鍵はしっかりとかけられている。自分でかけたのだけど、急に知らない場所にいるように感じた。

ここは僕と中村《なかむら》の店なのに。

大行列ができるようなこともない小さなカレー店だけど、これほどひっそりとしたことは今まではなかった。12月の冷えた空気のせいだろうか。閉じられた扉の向こうには二度と入れないような寂しさが僕の中で揺《ゆ》れる。何歩か後ずさりして店全体を見上げる。

昨年の夏の終わりにはじめてここの厨房《ちゅうぼう》に立った瞬間の、あの全身が包まれていくような熱気は忘れてはいない。だけど少し遠い。それでもいくつかの季節をここで過ごして、友人たちと笑い合ったりして、僕はそれなりにここで生きているんだと実感していた。それなのに、冬のはじまりかけた空の下でみあげる僕たちの店はなんだかよそよそしくみえる。

「僕たちはこうやって別の人生を歩き出した。……なんて、馬鹿馬鹿しい感傷《かんしょう》にひたってないよな？　松本《まつもと》。鍵かけるだけなのにずいぶん遅いと思った。いやぁ、待ったわ～」

背後から予想外の声が聞こえて頭を抱えたくなった。仕方なくふりむくと、パンパンに膨《ふく》らんだバックパックを背負った中村太一《たいち》がにんまりと笑いながら立っていた。中村は小学生の頃の同級生で、５年前にひょんなことから再会した。そして僕たちふたりはこの場所でささやかなカレー屋を営んでいる。中村が諦《あきら》めずに追いかけ続けた夢の先に、僕も居場所を見つけた結果だった。

「……中村。先行ったんじゃなかったのかよ」

うん。正直恥ずかしい。ひとりだから浸れる感傷ってものがあるんだけど。うん。中村が来た途端《とたん》にそういうのは吹き飛んだ。

「いや、店の鍵をお前に預けておこうと思って。ほら、俺、絶対になくすだろ？」

「自覚があるなら気をつけろよ」

「気をつけてもどうにもならないことが世の中にはあるのだよ」

中村は小さな白いネコのキーホルダーがついた鍵を僕に向かって掲《かか》げてみせる。僕たちと縁の深い白いネコ。そのネコにどことなく似たマスコットがぷらんと僕と中村の間で揺れ動く。中村はふっと口元をほころばせた。

「で、俺が帰ってくるときにはちゃんと店で待ってろよ。俺は入れないんだから」

なんだよ、と思う。中村だってさみしいんじゃないかと。僕はわざとらしくため息をついてみせる。

「どうせ掃除も僕にさせる気だろ？」

「あたりまえだろ。んじゃ、そろそろ行きますか？」

「だね」

僕も足下に置いておいた荷物を肩にかける。店でつかっていたいくつかの道具やスパイスを持ち出してきたからそれなりにかさばる。といっても、中村ほどではない。中村は背中に背負ったバックパックの他に、瀬川《せがわ》さんから借りたという洒落《しゃれ》たスーツケースも引きずっている。

瀬川成亮《しげあき》さんは僕と中村がかつて通っていたカレー予備校という学校の同級生だ。和服の似合いそうなすっきりとした顔立ちで、会計士という本業のかたわら続けているカレー批評がSNSでじわりと人気が出てきている。

その瀬川さんの淡いグリーンのスーツケースはいかにもヨーロッパ系のブランドらしい上品な佇《たたず》まいだ。いくつかステッカーが貼られているのをみると、これまで何カ国か瀬川さんと旅してきたのだろう。大切にされてきたのだろう。今回はスーツケースにとって最後の旅になる可能性があると思っている。だって、相手は中村だ。ほんと、瀬川さん、よく貸したたな。なんだかんだ中村に甘い。

「しゅっぱーつ。じゃーな！」

中村はそう言って僕と反対方向に向かって歩き出す。

僕は南青山《みなみあおやま》に。中村はインドに旅立つ。

こういうことになったのには訳がある。

第1章　カレーと器と再会と、

はじまりは約1週間前。〈スパイスとうつわ〉という展示会の会場だった。日本全国の器の作り手たちがカレーのために作った皿を集めたというコンセプトの展示で、併設《へいせつ》のカフェスペースでは実際にそれらの器に盛り付けたカレーを初日限定で提供した。展示の企画に友人の西野彩未《にしのあやみ》さんが関わっていたこともあり、カレー作りを頼まれたのだった。西野さんもカレー予備校の同級生。学校に通っている間は犬猿の仲かと思えた瀬川さんとまさかの急接近で、ふたりの娘さんの紗菜《さな》ちゃんはもう1歳になった。店舗の内装デザインをしているけれど、最近、仕事の幅を広げだし、この展示のキュレーションを務めている。「沖縄《おきなわ》、佐賀《さが》、北海道《ほっかいどう》。器も食材もそれぞれの土地の風土に根ざしたものを用意して、カレーを提供しまーす」

初日の展示準備の朝、朗《ほが》らかな声で言いながらこれ以上ないくらいに可愛く西野さんは微笑《ほほえ》んだ。つるんとした色白の小さな顔。目鼻立ちはぱっちりとしていて、大きな瞳でじっと見つめられると未だにどきりとすることがある。西野さんの笑顔になにも考えずにうなずいてしまいたい衝動にかられたけど、なんとかとどまる。

「えっと。色々聞きたいことあるんだけど」

「なぁに？」

西野さんがにっこりと微笑む。よく見ると、目のあたりに明らかに疲れが滲《にじ》んでいる。さらによく見ると、案外目元は笑っていない。思わず、なんでもないです、と頭を下げたくなる衝動をぐっとこらえる。

「お皿はある。食材もある。レシピもある」

「うん」

「調理器具もばっちりそろってる」

「うんうん」

「で、なんで作る人だけいなくなったわけ？」

今日は店の定休日の月曜日。僕に調理を手伝ってほしいと連絡があったのは2日前の土曜日だった。計画的とはとても言えないスケジュールで驚いた。僕の休日の暇っぷりは界隈《かいわい》ではそれなりに有名なのかもしれないけど、だからと言って僕だって予定が入らないわけじゃない。中村とカレーを食べ歩くとか、中村と新しいレシピ開発に向けてスパイスを探しに行くとか、中村と……悲しくなってきたからこれ以上思い返すのはやめておこう。とにかく、どんなものであっても予定はたまに入ることがある。僕がつかまらないリスクはあったのだ。

西野さんは口元の笑顔はそのままに、目だけをすっと細める。全身の感覚を使って僕は察した。何かきいてはいけないことをきいてしまったのだと。やっぱり、なんでもないです、と全力で頭を下げよう。そう心に決めた。西野さんは細めた目をじっと僕に向けたま、口元に浮かべていた完璧な笑みをふっとゆるめる。無理したような強気な笑顔はとけて西野さんが普段は隠している表情が一瞬だけ浮かび上がる。

「逃げちゃった」

「え？」

「だ〜か〜ら〜、逃げちゃったの。正確には失恋？　あたしに」

ふっきるように勢いよく話し出した西野さんはいつもの表情を取り戻している。

「……なるほど」

「いや。あたしだって人妻なわけだし。中途半端に期待させるのは申し訳ないなって。はっきり言うべきことは言っておこうと思って仕方なく鬼になりきって返事をしたんだけど。はっきり言いすぎた」

「……なるほど」

普段からはっきり言うのが信条の西野さんがはっきり言いすぎたというのはどれくらいのものなんだろうか。好奇心は湧《わ》いてきたけど、軽い気持ちでそこから手繰《たぐ》っていくのはまずい気がする。

「他にききたいことは？」

再び完璧な笑みを浮かべる余裕をとりもどし、にっこぉと笑う西野さん。うん。知らないままの幸せはある。これ以上はやめておこう。

「えっと。あ、そうだ。メニューなんだけど」

「なになに？」

今日のために西野さんが用意したレシピは、器が作られた土地の食材を利用している。レシピには盛り付けのイメージ図が添えられていて西野さんらしい華やかな仕上がり。手際よく盛り付けるための説明図もつけてくれているわかりやすさだった。

メニューは3品。沖縄のぽってりとしたやむちん焼きの皿には豚キーマカレー、佐賀の有田《ありた》焼の白地に青い花模様が描かれた皿にはみつせ鶏《どり》カレー、北海道の作家さんが作ったマットな質感の黒いボール皿にはジャガイモカシミールカレー。

まったく違う土地の器を使っているのもあり、できあがりのイメージは随分《ずいぶん》違う。味もそれぞれ違う。展示会の皿の良さを引き立てるのが一番の目的だから、ほんとうに十分なのだろうけれど、せっかくならひとつで良いから同じ物を味わってもらいたいと思った。

僕が本格的に料理を学びはじめたのは、小学生のときに中村と我が家のカレーをふたりで食べたことがきっかけとなっている（その日のカレーはほとんど中村に食べられたとはいえ)。同じ鍋からよそって一緒に食べた。それだけのことなんだけど、今でもしっかり覚えている。親しい人たちと食事をして、同じ時間を共有して、さらにその記憶の片隅に同じ味のものがわずかにでも残っているというのはなんだか僕にとってとても特別なことに感じられるようになっていた。それぞれ別のカレーを頼んでも、同じ副菜《ふくさい》をそえることで皆が同じ味にふれあった記憶をかすかにでも残してもらえたらいいなと思う。できれば自分でも作ってみたいなと思えるようなシンプルなものを。

だから、この話をもらったときにもう1品作らせてもらえるならというアイディアがふっと浮かんできていた。西野さんになんとなく相談していた案を具体的に話しておく。

「この前相談したダールスープをつけてもいいかな？　缶詰をつかった簡単なものだけど。そろえてくれた食材で足りそうだったから」

「いいね！　あたしはついつい見た目の華やかさを求めちゃうところがあるからさ、松本くんのそういう発想貴重。助かる」

西野さんが白い歯をこぼして笑った。

「あれ、珍しく褒《ほ》められた？」

「褒めた褒めた。あたしにない発想を持ってるんだから。自信持ってよ。っていうか珍しくってなに？　あたしはいつだって皆のこと褒めまくりじゃん？」

西野さんは心外だというように肩をすくめてみせてから、ちらりと展示作業の状態を気にかけるように背後に視線を流す。スタッフの人がこちらを気にするようにみている。

「スープをいれる器となると珈琲《コーヒー》用に用意したカップじゃ足りないよね。ストックにちょっと可愛い紙コップ入ってるからさ、それ使おう。サービススープとして出せば違和感ないと思う」

　西野さんはどんな風にお客さんにサービスできるか考えるのが楽しくて仕方ないというように、表情をくるくると変える。これから僕が作るはずの料理はきっと西野さんの頭の中ではすでに鮮《あざ》やかに存在している。いいものをそのまいいものだと喜んでもらえるように頑張《がんば》るのが僕の仕事だ。誰かのおいしいと思う気持ちを再現できればそれは純粋にうれしい。

「西野さーん、ちょっといいですかぁ？」

「はーい、いまいきまーす」

「西野さん、あとでこっちも！」

　皆がかわるがわる西野さんに声をかける。展示会場は、まだオープン前だけど、いやオープン前だからこそ熱気に包まれている。器が一番きれいにみえるように並べる順番や向きをみんな何度も確認して、照明のあたる角度を調整する。レジや商品の準備も同時に進んでいる。たくさんの人の間を西野さんはくるくるとまわり、笑ったり嘆いたりしながらもみんなで進んでいくエネルギーを振りまいていた。未知の何かを一生懸命に作り上げていくその空気。懐かしさに思わず口元がゆるむ。とたんに、今ここにある熱量を、懐かしいものと感じてしまったことにどきりとして、僕の内側の深いところがしくりと痛む。

「西野さん、なんか色々新しいこと始めてすごいな」

我慢しきれずぽろりとこぼした僕の言葉に、えへへん、と胸を張ってみせてから西野さんは苦笑する。

「いや、松本くんも頑張ってるでしょ、お店」

「うん。ひきとめてごめん。こっちは作るだけだから心配しないで」

にっこり笑って器の飾り方を見に駆け足で戻っていく西野さんを見送りながら、確かに僕は頑張っていると思い返す。

カレー予備校を卒業して数年たち、中村と一緒に僕たちの店をまわすことにも少しずつ慣れてきた。頑張っている。頭の中をよぎったその言葉をなんとなく弄《もてあそ》びながら、食材が用意されたキッチンを見渡した。材料もレシピも食器も必要なものはそろっている。調理台の上の鍋を確認する。思っていたよりも鍋は小さい。ガスレンジは3口で、電子調理器がひとつ。火力は一般的な家庭用。作る順番は決めておいた方がいいな。状態を確認する時間の余裕があれば、さすがの僕ももう調理中に大きな失敗はしなくなった。頑張ってきた。その結果だよな、と思えばちゃんと色んな記憶がついてくる。油を引いたフライパンを軽くまわして下ごしらえをはじめる。キッチンはそれほど広くないけど、僕ひとりの貸し切りだ。玉ねぎ。白菜。ジャガイモ。レシピ通りに切っていく。ひどく時間のかかるレシピではないからそれほど大変ではない。大変ではないから、手を動かしながら頭は他のことを考えてしまう。頑張ってきた。頑張っている。だけど、僕はちゃんと前に進んでいるのだろうか。

西野さんたちと一緒にあの学校に通い始めた頃と比べたら格段に知識も増えたし、手際も良くなった。毎日を積み重ねる中で実感できることもあったし、周囲からアドバイスをもらって改善できたこともある。そうやって進んでいくことで、ひとつひとつの細い糸が結びついていくような感覚があった。

野菜の下ごしらえが終わり、玉ねぎを炒めることにする。強火で熱したフライパンにクミン、クローブ、マスタードシード。油に浸すようにフライパンをゆすり、蓋《ふた》をする。ぱちんぱちんとスパイスがはじける音。収まったら蓋を開ける。クミンのすっきりとしたかすかな甘さを持つ薫《かお》りが僕を包む。それから弾けきったマスタードシードの香ばしさ。クローブがしゅわっと柔らかそうな音をたてているのを確認したらすぐさま玉ねぎ。じゅわぁあっと音が響いて蒸気がたち上る。玉ねぎの端から透明になっていく。瑞々しい薫りがただよってくるけどまだ強火で炒めていく。木べらを動かすリズムはシンプルで心地よくて、ぼんやりし始めた頭の中には再び考えごとが忍び込んでくる。

色んな人との関係や経験をくぐって紡《つむ》いできた糸はしっかりと僕と結びついていて、きっとこれからもどんなときでも僕を助けてくれる。今ここにいることは間違っていない。なのに、何かがいつかほどけていきそうな不安な感覚がある。糸をもっと太く丈夫にしたらいいのだろうか。それとも長く伸ばしていくべきなのだろうか。上手く言えない。ただ、僕の中にまだ明確に存在しないその不安の種はきっと細部まで見つめる必要があるものだという感じがある。見なくちゃいけないのはわかっているのに。

「じゃあ、会場オープンしまーす。キッチンは11時30分スタートです」

まっすぐにのびるような西野さんの声が響く。展示場からきこえる音が変わる。

昔と違って僕の中には何にもない、というわけじゃないことを僕だって知っている。ちゃんとわかってる。良くも悪くもこうして何かを考えていてもちゃんと手は動いてくれる。キッチンオープンの時間にあわせてダールスープの仕上げにはいる。

ゆであがったひよこ豆、レンズ豆をへらでつぶし、玉ねぎ、トマト、それにいくつかのパウダースパイス。コリアンダー、カイエンペッパー、シナモン、カルダモン、ターメリックを加えて混ぜる。やわらかな土のような優しい薫りと豆のほんのりとした甘い匂いが立ちのぼる。とろりとまざりあってきた。一口味見。じんわりと浸みる暖かさがお腹に広がっていく。塩気はカレーもあるから控えめにして、別の小さなフライパンでクミンシードをテンパリング。ぷつぷつと油の中でシードがふくらんで爽《さわ》やかで香ばしい匂いが漂《ただよ》ってくる。熱々のまま、ダールスープの入った鍋に投入。完成。

手を動かしているとあっという間に時間が過ぎていく。キッチンオープンまであと少し。背筋をのばし、腕を振り、ぼんやりと考えていることをまとめるか、もしくはすっきりと忘れようとする。なのにそこで思考はすっかりとまってしまう。進みもしないし消えもしない。

不安。何が？　やるべきことはたくさんあって退屈をしている暇もないような毎日は流れていて、不満なんてない。だけど。紡いできた糸のどこかが音もなくほつれてしまっていて、僕はそれにすら気づいていなくて、気づいたときにはどうしたら良いのかわからない。そういう感じがしてしまう。

手をとめて展示スペースに目をやる。ひとつひとつの器をゆっくり眺めて歩き回るお客さんの中に、ふいに足をとめてたったひとつをじっと見つめている人がいる。手を伸ばし、大切そうに両手で包む。何かを発見できたのだと思う。大きな窓から入る陽射しはまぶしくて、もうすぐ冬だということを忘れてしまいそうなほど気持ち良さげな天気だった。

ランチは盛況で予定よりも早く完売した。食器と調理器具をどんどん流しにつけて洗い始めていた僕の隣で、配膳《はいぜん》を手伝ってくれた人が手をたたいて喜んでくれた。

「すごい！　きれいになくなりましたね」

それを聞いて、そうだ喜ぶタイミングだったと思った。はじめてお客さんに出した日のことはちゃんと覚えているつもりだし、きっと忘れないという自信はある。それでも、どうしても日常に流されてこぼれてしまう気持ちがあって、今のはとてもあぶなかった。記憶にとどめておくべき大切なことを作業のひとつとして流すところだった。空になった鍋、皿。何も思わずに積み重ねたものが流しの中で寄り添うように並んでいる。自分の中で大切にしていきたいようなことをまだすくい上げられたことにホッとする。

「ありがとう」

手伝ってくれた人に色んな意味をこめてそう返す。「いいえ〜」と朗らかに手をふって、展示の手伝いに戻っていく。休憩《きゅうけい》がてら会場のざわめきに耳を傾《かたむ》ける。良い賑《にぎ》わいだなと思った。器を眺める人たちは皆楽しげで、どんな料理をのせたら良いのか想像しているように見えた。こうやって人の気配をじっくりと楽しむのはそういえば久しぶりだった。店を始めた当初は、来てくれるお客さんたちの様子をみることが一番の楽しみだったし、中村に呆《あき》れられるくらいに厨房を出たり入ったりしてしまったこともある。お客さんと交わした会話のちょっとしたことだってひとつひとつを忘れたくないと思っていた。でも、ここ最近はそういう気持ちを忘れかけていた気がする。僕は思わず小さなため息をつく。忙しいからというだけではなく、なんとなく昔大切にしていたことがおろそかになってしまっている気がした。

とにかく今はまずは片付けをはじめなければいけない。再び手を動かし始めたとき、さっき手伝ってくれた人が駆け足で戻ってきた。

「なんてお店なんですか?」

「え?」

「松本さんのお店」

「えっと。ネコとカレーライス」

突然の質問に少し焦りながらこたえると、彼女はにこりと笑った。

「今度絶対行きますね」

くるりと向きを変えてまた展示スペースに戻っていく彼女の後ろ姿を見送りながら、すごく大事な気持ちを思い出しかけていた。行きますねと言ってくれたときの、息がとまるような嬉しさが色んなお客さんの顔と重なっていく。それは僕の中で一番大切なもので、ずっと大事にしていきたいものだ。だけど、どうしても形にならないものが心にぼんやりと浮かんでくる。僕はこのままで、こうやって毎日追われるように店を回しているだけで大丈夫なのかな。友人たちとカレー予備校に通っていた頃、作ることが楽しくて、上手くなる道を皆で探って、少しでも上達して美味しいと言ってもらえたら嬉しくて仕方なかった。その気持ちが、ほんの少し遠いところにある。遠ざかる彼女の後ろ姿を眺めながらそんなことを考えていたら、ホッとするようなドキリとするような顔が見えた。

「坂下《さかした》さん!」

「松本君」

やぁ、と右手をあげる角度が相変わらず決まっている。

坂下宗介《そうすけ》さん。カレー予備校の主催者で、ただカレーが好きだっただけの僕がこうやって店をできるようになる知識や経験をくれた人だ。紺色のジャケットに濃いグレーのタートルネックというシンプルな服装が相変わらず計算したようによく似合っている。最近は、前にも増して雑誌に紹介されたり監修《かんしゅう》する本が増えていてずいぶん忙しいのだろうと思うけど、疲れた表情は微塵《みじん》もみえない。すぐに顔に出てしまう僕とは違う。

「来てくれたんですね」

「西野さんから案内をもらってね。松本君のカレーは食べ損《そこ》ねてしまったけど」

「いや、僕のカレーなん」

僕のカレーなんて別に、と言いかけた言葉を飲み込む。ついつい口に出してしまいがちななさけない心の声は、店を持った今は出さないようにしている。営業はいまだに苦手でどうしようもないけれど、卑下《ひげ》するくらいならのびる努力をするしかない。

違う言葉をあわてててつなぐ。

「えっと。また今度店に来てくださいよ。中村も僕も大分慣れてきましたよ」

「慣れてきた？　そうかぁ」

坂下さんは目を細めてふっと笑う。温かいまなざし、というだけではなくて、なんというかもう少し含みのある声音だった。

「順調？」

「はい、もちろんっ」

と力強く返事をするつもりだったのに、「だと、思ってます……、それなりに……？」

なんてふにゃふにゃとした返しになってしまった。

「とりあえず毎日色んなこと頑張ってますっ」

努めて明るくつけ加えてみた。坂下さんは「なるほどねぇ」とうなずいてはくれたけど、何事かを考えるように一点を見つめて黙ってしまう。自信のなさがだだもれになってしまった僕をやんわりと諭《さと》す言葉でも探してくれているのかもしれない。ありがたく受け取ろうと待っていると、坂下さんが言い出したのはまったく予想外のことだった。

「松本君、久しぶりに学校に来てみる気ないか？　２週間でいいんだけど、アシスタントをできる人を探してるんだよ」

「アシスタント？」

「うん。学校の形態も少しずつ変わってきててね」

それはそうだろう。５年前に僕が申し込んだときはすんなり入れたけど、今はずいぶん倍率があがって抽選《ちゅうせん》じゃないと入れないと聞いた。

「プロを目指すと言うよりスパイスを色んな形で楽しみたい人が増えているんだ。だから、今期はカレーに限らず色んなことを試してもらう時間を増やしたんだ」

「僕たちがミールスを作ったみたいに班で研究するんですか？」

「もっと自由かな。毎週土曜の講義の時間だけじゃなくて、平日も13時から教室を開放して各自好きなテーマを勉強するのに使ってもらってるんだ。この展示会みたいにカレーの器を研究したい、という学生もいるし、スパイスを使ったアクセサリーを作ってみたいというチームもある」

予想以上の幅広さだ。驚いた。やりたいことに色々チャレンジできる機会をもらえる場所なんてすごく魅力的だ。学校に通う前の僕だったらきっと興味が湧いたはずだ。

「でも、それって。カレー予備校っていえるんですか？」

驚きのあまり言わなくてもいいことまで言ってしまい、慌てて口をつぐむ。坂下さんは僕の質問をすっかり予想していたように優しくうなずいた。

「僕もそう思う。もちろんまあ、僕も学生たちの興味を知ることで今の流れをちゃんと把《は》握《あく》することができるし、しておかなければならないと思ってる。松本君が前に進もうとしているのと同じように、僕ももう少しだけ頑張ってみようかなと思ってね」

この人はいつもすごいなと感心する。探求する気持ちを忘れてしまうことはないのだろうか。探すべき道がわからなくなることはないのだろうか。僕はきっと自分のぼんやりとした悩みをおもいっきり匂わせて、すごく不安そうな顔をしたと思う。坂下さんは僕の顔をのぞき込み、そして、にっ、と少年みたいな悪戯気《いたずらげ》な笑みを浮かべた。

「頑張るときほど遊びも必要だよ？」

　今日の展示会で久しぶりに色んな人と喋《しゃべ》った。店でのお客さんとのやりとりはいつも中村が中心になってまわしてくれる。僕だって挨拶《あいさつ》はするけど、ひとりで料理と向き合っている時間の方がずっと多い。正直喋る余裕がないときが大半だ。盛り付けや味付けを試しているとあっという間にオープンの時間になって、一生懸命につくって、片付けて、中村と試作品を食べる。まだまだ気付かなくちゃいけないことがきっとたくさんある。せいいっぱい目を開いて耳を澄ませておかないと、つるっとどこかの隙間に落ちてしまいそうだといつも思う。時間が足りないとあせる気持ちが消えない。

　だけど、もう少しお客さんや友人たちと話したりする時間をつくっても良いかもなと思った。

　西野さんのレシピと僕のダールスープ。鮮やかな色彩を持つ西野さんのレシピは僕とは全然違う発想から生まれているから、添えたシンプルなダールスープは新鮮に映った。僕ひとりだと何通り考えてもきっと同じものは作れない。ふと、頭の中で考えていてもきっとわからないことはわからないままなんじゃないかなと思った。冷たい風が耳をきるようにふき抜けていく。西野さんの「あたしにはない発想」と言う声の響きが、そう言われたときの気持ちが、まだ残っている。息をついたら呼気が白い。足下にのびる僕自身の影が目に入る。影は赤や黄色の落ち葉の上にのびている。しゃかりしゃかりと鳴る落ち葉を踏みしめる感覚が心地よい。あれ。秋ってこんなに深まっていたんだっけ。足をとめて顔をあげる。ずいぶん背中を丸めて歩いていたみたいで、身体がきしむ、陽射しがまぶしい。

「うわあ」

思わず声が出た。急に、頭の中が広がっていくような感じがした。

駅から店に続く道沿いに植えられた街路樹にはすっかり秋が落ちてきていた。もうすぐ12月なのだから当然だ。毎日通っている道なのに、全然気付いていなかった。ふりむくと、秋の午後特有の金色の光が街を包むように広がっている。そうだ。夕暮れどきに店からみえる景色が好きだった。あの店を借りる前に中をみせてもらったときも夕方で、外に出たときにみえた夕暮れが本当に見事で、きっと良いことがあるに違いないって思ったんだ。あの日とつながっているような夕焼けを見れたことが嬉しくてたまらなくなる。丸まっていた背中をのばす。いったい僕はいつからこうやって世界を眺めることを忘れていたんだろう。

坂下さんの言っていたことを思い出す。

遊びも必要だよ。

こういう時間のことを教えてくれたのだろうか。もっと違う意味がある気がする。坂下さんが誘ってくれたアシスタントの話を思い出す。僕から無理矢理こたえを引き出すつもりはないらしい坂下さんは、「ま、考えてみてよ。やれそうだったらいつでも構わないから連絡して」と言ってくれた。僕よりずっと僕のことを見通していそうな坂下さんは展示に戻ろうとして、くるりと振りかえる。

「中村君は」

珍しく問いかけを吟味《ぎんみ》するように唇をゆっくりと動かして僕にたずねた。

「まだ、自分では何も作らないんだっけ？」

店で、カウンター越しに調理中の鍋を見つめる中村。店のことがスムーズに運ぶように走り回ってくれているせいもあるだろうけど、決して、自分からは何も作ろうとはしない。小学生の頃の中村は、僕の家で笑って言った。「俺、コックになるんだ」。もう一段、僕たちは登ってみるべき階段があるのだろう。

店の扉を開けた途端、中村の笑い声が聞こえた。オンライン通話をしているようだ。

「いや～、そこは梅干し爆弾発射させておかないと。圧力かけたらばーんでしょ。ばーん」

何を話しているのかはまったくわからない。

中村の話はわけのわからないこともよくあるが、そういうたぐいの話に無理なくついて行ける、というかむしろ中村の先を走り抜けていくことができる人を僕はひとりしか知らない。僕に気付いた中村が軽く右手をふる。と、中村がのぞきこんでいるタブレットから、その誰かが僕に声をかける。

「お？　松本君？」

僕から見えるのはタブレットの背面だけで、画面に映っている人物の姿は見えない。見えないけれど声だけ、というか話す内容で誰かは察しがつく。

「俺だよ俺。鹿野《しかの》。いえーい」

やっぱり鹿野さんだ。

「お久しぶりです」

顔は見えないが気持ちをこめて頭をさげて挨拶する。

「おぉ、鹿野さん顔すげえ。うっわ。そんなことまでできるの？」

「松本君のために捧《ささ》げてみた」

「うわぁ。松本よかったたな」

中村がうらやましそうに僕をみる。だけど、残念ながらと言うべきか、僕には画面がみえないから何をしてくれたのかはさっぱりわからない。うん。でも、まあ、なんとなくの想像はつくからいいかな。

「とりあえず。ふたりとも元気そうだね」

「鹿野さんも。今はどちらに？」

「しばらく沖縄。そうそう。こっちに面白い店あるんだよ」

「あ！　キッチンカーのSPICE TIME MOON？　俺もそのうち行きたいと思ってた」

「そう。他にも盛り上がってきてるから当分かえれね～」

「単に冬が来るのがいやなだけでしょ？」

「ま、俺は夏男だからね」

「それなら俺だって」

「いや、俺の方が」

鹿野さんは中村の師匠筋《ししょうすじ》ともいうべき人で、いつもわけのわからない勢いで交渉に勝つ中村すらを上回る交渉術を持つと聞く。一方でかつてカリスマ的な人気を誇ったカレー店の店長でもある。ときどきふらりとお店を開けるときがあるのだけれど、どこで情報を手に入れたのかわからない人たちがオープン前からずらりと並ぶ。カレー予備校の同級生である瀬川さんも鹿野さんのお店、ブラウン・シュガーの大ファンで、どれだけ仕事が忙しくても必ず通っている。

「いやいや俺の方が」

「いやいやいや俺が夏だ」

もうどちらが中村でどちらが鹿野さんなのかわからなくなってきたので、僕は厨房に向から。厨房といってもカウンターのすぐ裏のスペースで、あとは小さなストック用の小部屋がつながっている。足を踏み入れて、あ、好きだなと思った。今日は久しぶりに店じゃない場所で調理したからだろう。この場所はずいぶん僕になじんでくれているのだと思った。

ぶらりと歩き回るほどの広さもないとてもささやかなスペース。今日借りたキッチンの方が広いくらいだ。見渡すと目に入ってくるのは、棚にならんだターメリック、クローブ、マスタードシードなどの瓶詰《びんづ》めのスパイスたち。

その下の壁にはいくつものレシピが貼られている。大抵《たいてい》は僕が考えているけれど、ときどき中村が持ってきてくれるアイディアもある。友人たちと話していて急に思いついて、カフェのナプキンにかきなぐったやつもある。自分で何を書いたのかわからないような古いものもあるけど、それでもひとつひとつを手に取るとちゃんとそのときに考えたことかを思い出せる。それぞれのレシピが持っている気配みたいなものがちゃんとこの場所に漂っている感じがするのもいい。

それから冷蔵庫がふたつ。どちらも中村がどこかから譲り受けてきて、大きすぎて店の入り口をなかなか通らなかった。

それから、調理台とその横に置いている鍋とフライパン。いくつかは母さんがくれた。中村がおじいさんから譲り受けたものもある。

一番奥の壁際にある小さな窓の横にはカレーリーフの鉢植え。名前は菜々子《ななこ》。

カレー予備校に通っていた頃に、中村が鹿野さんからもらってきた鉢植えだ。僕、中村、西野さん、瀬川さん、そして同じくカレー予備校の同級生だった成宮《なるみや》あおいさんという5人が集まった7班のメンバーで育てることにした鉢植えだから菜々子。皆でよく集まってミールス作りを勉強した成宮さんの家のキッチンに置かせてもらっていた。成宮さんの家の、光がとても心地よいキッチンで育ったのが良かったのか菜々子はずいぶん大きくなった。中村と僕が店を開いたときに成宮さんが連れてきてくれて、今はここで育てている。

そうして厨房を見渡して、さいごに僕の目は流しの横に置かれた小さな皿につかまった。ときどき僕たちの前に姿を現してくれていたあの白いネコ用に中村が買ってきたものだった。

なんとも言えない不思議な白いネコ。

僕がはじめて出会ったのは中村と再会する直前の初夏の公園で、それから僕たちが足をとめたくなったときに励《はげ》ますように諭すように何度か現れてくれた。面白いことに母さんと坂下さんがカレーに魅了されたきっかけも白いネコだったらしい。

そんなことが続くと、カレーと僕たちをつないでくれるのかな、と思うようになっていた。さすがにはっきり口に出したら中村に笑われるだろうなと思って心にとどめておいたけど、店を始めるときに意を決して提案してみた。店の名前は「ネコとカレーライス」はどうだろうって。中村は「最高じゃん」と明るく笑って即決だった。

飼っているわけではないけど、姿をみたら店の外で水くらい出してあげていた。毛並みも良かったし、きっとどこかでちゃんと食事はもらっていそうだったから、せめてお茶でも、くらいの気持ちで。それなのに。

「最近、来ないな」

おもわず一人言をもらしてしまうくらいちっとも姿をみせてくれない。お皿を手に取ると、表面に少し埃《ほこり》がたまっていた。それくらい会っていない。

「お、にゃんきち来たのか？」

カウンターをまわって中村がやってくる。にゃんきちというのは中村が勝手につけた名前だ。僕をふくめて今のところ追随《ついずい》する人はいない。

「いや。なんか最近みないなーと思って」

「だなぁ」

中村がさみしそうにつぶやいた。

「鹿野さんとのコールおわったんだ？」

「おわったおわった。あの人春まで沖縄だってうらやましいなぁ」

「じゃあ夏男対決は鹿野さんの勝ちなわけだ？」

軽く聞いた僕に、中村が、あー、と困ったように呻《うめ》いた。言い淀《よど》んだままくるりと首をまわす。それから僕を見ていった。

「真の夏男になるために、代わりにインドに行ってくれないかって頼まれた」

「インド!?」

「鹿野さんと新たに商品開発をしたいっていう依頼が来たんだとさ。んで、沖縄でなにやら忙しい鹿野さんに代わって俺に白羽の矢をたてようとしてきたってわけ。ほら、俺この前ビザとっただろ？　だから行けるには行けるんだけど。さーすがになぁ。俺の前に声かけてた人がいるらしいけど、都合が悪くなって直前で転がり込んできた。いやいや俺がファースト・チョイスでしょ」

　はは、と中村が軽く笑う。いつもより勢いがない。店を始める前までは、中村はそれこそ世界中を飛び回っていた。食品会社の商品開発部に勤務していた中村は、美味しい食べ物、魅力的なスパイス、そして世界中で色んな人に会って商品化につなげていた。中村の一番の夢は自分の店を開くこと。小学生の頃から言い続けたその夢をこうして実現させたとは言え、「おいしい」を世界に広げるという意味では今よりもっとやれることがあったのは確かだ。行きたいんだろうなとわかった。わかったけど、行ってこいよと軽やかに送り出せる実力は僕には全然なくて、「インドかぁ」と相手の言葉を繰り返すことしかできない。会話がとぎれる。なんとなくその沈黙を埋《う》めたくなり、

「実は僕も坂下さんに」

と、言いかけたときだった。

にゃ〜、と懐かしさを感じる鳴き声がした。窓の外には見覚えのあるシルエット。

「おぉ〜。にゃんきちぃ」

「久しぶりだな。鳴き声は元気そうだけど」

「お前先ににゃんきちに会いに行っていいぞ」

「中村は？」

「俺はにゃんきちに水を持って行く。それまでお相手してさしあげろ。おっと、皿かして」

そう言って、僕の手から小皿を奪った中村は、ちからいっぱい水道のレバーを押し上げた。

水を出すためには本当は下げるべきところを、思いっきり押し上げた……。

かっぽん。

あんまり聞いたことのない音がしたその瞬間、中村は不思議そうに僕を振り返る。きっと僕もおんなじような顔をしていたと思う。宙に浮いた中村の右手には水道についているべきレバー。蛇口はよりにもよってななめ上に向けられていた。ぼんやりと、昨夜掃除したときにちゃんと下向きに戻しておいたらよかったなぁ、なんて思った。まぁ、一瞬でそんな後悔している場合じゃなくなったけど。ぶっわぁぁぁっ、と噴水のように水が噴き出

して、

「うわぁぁぁぁ」

「あ！　レシピがぬれる」

「菜々子～っ」

「中村っ、菜々子だけじゃなくてスパイスも運べよっ。とりあえずレシピは僕が」

「菜々子～っ」

「あぁぁ、だからスパイス!!」

「菜々子～っ」

　はじめに水道修理に連絡すべきだったことに気づいたのはずいぶん時間がたってからだった。水道修理に来てくれるまでの間に店はすっかり水浸しになった。

「しっかり店舗内が乾くまで2週間だとさ」

「だね」

　壁も床も水浸し。機器類は運び出せた物もあるけどいくつかは水に濡れてつやつやと輝いている。

「すまん」

「いやー、どうにもならなすぎて怒りもないよ」

　レシピとスパイスは無事だった。カレーリーフの菜々子も中村が守り抜いた。ダウンライトの光を浴びて輝いている店の中で、西野さんが壁に描いてくれた真っ白な花の絵に目が吸い寄せられる。絵は乱反射する光の中で幻想的に輝いていて、ぼんやりした頭にしみこんでくる。なるほど、芸術とはこういうものか、とそのまま向こうの世界に行きたい気分になったけど、僕たちの前にはがっちりと現実が立ちはだかっている。

歩くたびに水がしみでる床ではさすがに休業せざるをえない。水道代といい手痛い出費をどうにかする必要がある。考えるべきことは山ほどあるんだけど不思議なもので十分に慌てふためいたせいか今はもう何の動揺《どうよう》もない。中村はぽりぽりと鼻先をかきながらつぶやく。

「ま、とりあえず行くしかないかインド……。鹿野さんああ見えて金払いいいし」

「じゃあ僕も……。とりあえず坂下さんのところでバイトするよ」

口にしたらいっそ清々しくて妙に胸がすっきりした。

そういうわけで、僕らの2週間ははじまった。

インド編①～恋のまぼろしのバラナシ～

正直に言って、あたしはもう恋していると言っていい。ナカムラに。もう、早く来ないかなぁ。あたしはシカノから送られてきた写真を何度も見返す。何度も何度も。そしてその度ににんまりとしてしまう。だって、みればみるほどにあたしの好みのタイプなのだ。シカノから連絡があったのはほんの数日前。シカノはお父さんの仕事仲間で、何度か家にも遊びに来てくれたことがある。不思議な魅力のある人で、彼みたいな人がいっぱいいるならいつか日本に行ってみたいなと思い、日本語の勉強を続けてきた。まあ、日本人＝シカノという発想がだいぶ偏《かたよ》っているということは、さすがに同じ大学に通う日本人留学生に出会ったりして気付いたけど。それでも、一度学びだした見知らぬ国への興味はつきない。そんなあたしにシカノが頼んできた。

「今度、俺の代わりに中村っていうやつがそっちいくからさ、アンジェリー、アテンドお願いできないかな？　英語は問題ないし、アンジェリーがつきっきりじゃなくてもなんとかなるやつだから」

「いいけど。ナカムラ？　有名なカレー屋さん？」

シカノはがははっと豪快《ごうかい》な声で笑う。

「カレー屋ではある。だけど、まぁ、そんな有名じゃないな」

なんだ残念。

「だけど、いつか有名になるかもしれない、かもしれなくもない、かなと俺は思う」

「ふーん」

聞いておいてなんだけど、別にあたしは有名人とかそれほど興味はない。日本のカルチャー的な知識であれば知っておきたかっただけの、たんなる知識欲。

「ま、いいよ。じゃあ来る日決まったら教えてよ。空港むかえにいったげる。あ、あと一応写真ちょーだい」

「とっておきのがある」

そう言ってシカノが送ってくれた写真をみてあたしは目が覚めた。いや、起きてはいたんだけど。なんていうか精神的な面ていうのかな。いままでの人生はねむったままずっと生きていたような気がするくらい、はっとした。

「好き」

「ん？」

「好みの極致」

「え？」

「シカノ！　ほんと来ないでくれてありがとうっ！　うわーほんとシカノ来なくてうれしいっ」

　あたしだって恋のひとつやふたつして色んな人と出会ったり別れたりしてきたんだけど、あんまし上手くいかなかったのはここまで来るためだったのだ。

「あ、うん。じゃ、よろしくねぇ……」

　なんだかいつもより切れのない声でシカノがコールを切ったけど気にしている暇はあたしにはない。ネットで「はる」と検索する。春。あたしは日本語を学びだしてすごくこの字が好きになった。お日様が照っていて、川辺を散歩している人がいるんだなって思った。しかも元気いっぱいに手をのばしているように思えるのだ。春。あたしはきっと、いまこの春の中にいる。

　そういうわけで、あたしは空港に来てからもずっとそわそわしていた。

　ナカムラの写真を再び見てにんまり。好ましい地味顔がたまらない。お母さんと叔母さんもどうやら好みのタイプらしく、朝から写真を持ち出してなにやらこそこそと作業していた。出迎え用にうちわでもつくるのだろうか。

　もう一回化粧直しにでも行こうと思ったけど、家をでるときに叔母さんに「やりすぎ」と言われてしまった。結構な派手好みの叔母さんに言われたのはさすがにまずいと思って、控《ひか》えめにした。どうしようと迷っているうちにぱらぱらとキャリーを引きずった人がおりてきた。来ちゃうっ。とりあえずもう一度だけスマホの画面に自分を映してみる。少しだけアイメイクを施《ほどこ》した目はなかなか表情豊かに見えて悪くない。瞳が大きすぎてバランスが悪いのを気にはしているけど、メイクが映《は》えるのはよい。いつもは適当に後ろで結んでいる髪も、きちんと梳《と》かしてきた。大人っぽく見えるように、幼なじみにも助言してもらい、右肩に流して赤い髪留めで一本に結わえることにした。赤はあたしによく似合うっておばあちゃんが言ってくれる。うん、悪くない。あとは、唇の色がいまいちかな、とは思ったけどこんなところで塗り直すのもどうかな。

「アンジェリーかな？」

やわらかい日本語が聞こえた。どきり、とする。シカノはナカムラにも写真を送っておくと言っていたから、彼があたしをみつけてくれたに違いない。ほんのちょっと落ち着きたくて小さく息を吐いて吸う。きっと、あたしと彼の間にうまれる特別な光にまけないような笑顔を装着。

「ナカムラ？」

え？　いなくない？　とっておきの笑顔をのっけた顔をあげたあたしの視界に何人か日本人らしき男性はいるけどナカムラは見えない。うそうそ。もうはぐれたの？　あわてるあたしに日本語が届く。

「あはは。ここ、こっちだって」

変わらずたくさんの日本人は通り過ぎていくけどナカムラはいない。ただ、ひとり気になる男が近づいてくる。妙に人なつっこい笑みを浮かべ、小汚いカーキのリュック、スーツケースだけはすんごく素敵なブランド品。パパとママから知らない人について いってはいけませんと言われておりますから、という体で無視を決め込む。視界のすみで首をかしげたその男性は、先ほどから聞き覚えのある声で言った。

「おーい。アンジェリーだろ？」

まさか、ね。あたしはもう一度写真を見直す。写真の中のナカムラは、キッチンカウンターに両肘《りょうひじ》をついてとてもくつろいだ優しそうな笑みを浮かべている。長すぎず短すぎないシンプルな黒髪。大きすぎず小さすぎない目。ちょっと下がり気味の眉。この一度会っただけでは覚えられなさそうなシンプルな顔。たまらなくあたしの好み。うん、全然違うじゃないか。あたしはそう簡単にはだまされない。

「あ、違う違う。俺はこっち」

あたしの横からひょっこりと写真をのぞき込んで来たその人は、写真に写っているもうひとりの人物をさす。ナカムラの斜め後ろに確かにもうひとり写っている。正直いることすら気付いていなかった。妙に人なつっこい笑みを浮かべてピースサインをしているその人は、いまあたしの前でまったく同じ笑顔とポーズをして立っていた。

「どーも。中村です」

突然わいたあたしの「ナカムラ」への恋心は、やっぱり突然にはじけ飛んだ。

なんだよ恋。ふわふわだましてきやがって。勝手に恋したあたしのせいでしょって、理性派のあたしが責めるけど理不尽《りふじん》だろうがなんだろうが恋のために貯蓄《ちょちく》したあたしのパワーが行き場を失ってうめいている。全力で使う必要があるんだよ。使い切りつつ次に向けて同時進行で新しいパワーをチャージする必要もある。そうしないといつになってもすっかり乾ききった恋心にすがっちゃう。こういうときはあれをやるに限る。

「ナカムラ、お腹すいてない？」

挨拶もそこそこに突然切り出したあたしに、ナカムラは驚く様子をみせずににっと笑った。

「すんげーすいてる。俺さ、とりあえずこのあたり行きたいんだけど」

と地図を見せてくるナカムラはやる気満々。

いつもだったらスーツケースを抱えたままの観光客を連れ回すなんてことはしないのだけど、本当に食べることが好きだという気持ちがダダ漏《も》れすぎて、ならば美味しいものを食べさせてあげなくてはとあたしもめらめらと燃え上がる。まずはお近づきのしるしにたのしみつくそうではないか。

第2章　はじまりはビリヤニと

久しぶりに訪れた学校は変わらないようでいて少し変わっていた。ビルの入り口に入っていたカフェはハンバーガー屋に。ビルの受付の人に「いつお店変わったんですか？」とたずねたら、「さぁ。2年くらい前でしょうか？　私が勤めだしたときにはもう」と困った顔で微笑まれた。僕がここを巣立ってからもうすぐ5年。当たり前だけど時間は絶え間なく流れている。季節が巡ってくるたびに懐かしく思う僕の気持ちとは関係なく、思い出の場所はじわじわと遠のいている現実を突きつけられる。お礼を言って教室に向かう。軽やかに階段を駆け下りていく数人のグループとすれ違う。当然知っている顔はひとりもいない。遠ざかる笑い声が少しさみしい。渡り廊下を抜けてさらに階段をあがる。最後の階段に踏み出したときだった。

懐かしさは急にやってきた。

はじまりはカルダモンの華やかな薫り。自然と顔に笑みが浮かぶ。それから漂ってきた香ばしさは炒め玉ねぎ。足をとめて少しだけ目を閉じてから次の薫りをむかえる。サフランライスが炊き上がっていくところだ。甘くて、僕にとっては子どもの頃の夕暮れどきの記憶がにじむ懐かしい薫り。再び階段を上り出す僕の足は急に軽くなる。過去に向かって駆け上っていく。そういう感覚だった。みんながいる。そう思った。だけど、もちろんそんな訳なくて。

「あの、何かご用ですか？」

息を弾《はず》ませて階段を駆け上った僕は、警戒したような目をした学校のスタッフさんたちにあっさりととめられた。これ以上中には入らせないぞという気合い満々な表情だ。

「あ、すみません、坂下さんに会いに」

「坂下は今おりませんが」

抑揚《よくよう》をつけない早口で返される。これ、あれだ。不審《ふしん》な人をみたときの対応だ。「えっと、違うんです」。軽く手を広げて近づこうとしたら、スタッフさんたちがさっと目配《めくば》せをしあう。いや、あれ？　まずい？　とにかく誤解をとこうと思って僕の状況を説明する。

「違うんです。あの、僕、カレーのお店やってて、ちょっと色々あって今お店ができなくて、だからここに坂下さんに会いに」

僕とスタッフさんの間の空気はさらに重くなる。わかる。僕の説明を僕が聞いても不審だよ。上手くいかないから有名人の坂下さんとのコネクションをつかもうとする感じだよ。スタッフさんたちからは次に起こすべき行動をさぐりあう様子がうかがえる。普段から中村に頼り切らずもっと色んな人と会話をしておくべきだった。話の切り出し方がみつけられずに、とりあえず笑ってみようとしたらスタッフさんたちは一歩退《しりぞ》いた。逆効果。なす術《すべ》なくその場に立ち尽くす僕に対峙するスタッフさんたちからは早く帰ってくれオーラが全力で放出されている。坂下さんには今日行くことは伝えていたけど、きちんと時間を決めてまでいなかった。

待たせてくれとはとても言えない雰囲気で、出直すしかないかなとあきらめかけたそのとき、一瞬でその場の空気が変わる声がした。

「松本君？　ごめん待たせたかな？」

坂下さんだった。スタッフさんたちの僕を見るまなざしに変化が見える。

「はい！　松本です。僕、松本です。そうなんです。松本なんです」

とりあえずこれまでの人生の中で一番と言い切ることができる回数の松本宣言をしてみた。スタッフさんたちの警戒モードはみるみるとけていき、なんだお知り合いですか、といった様子で笑顔すら向けてくれた。窒息しそうなくらいに重かった空気はすっかり息がしやすいものに戻っていた。

安心した反動でつい顔が力なくにやけてしまう。

坂下さんだけが逆にそわそわと落ち着きを失って心配げに言った。

「その、お店のこと聞いてはいたけど結構深刻なのかい。……なんか、顔、おかしいよ」

「あはは。なるほどそれは申し訳なかった」

そう言いながら坂下さんはマグカップに入った珈琲をお詫《わ》びだと言って渡してくれた。だけどその間もずっと坂下さんは笑い続けていて、お詫びらしい気持ちは残念ながら僕には届かない。なんだか釈然《しゃくぜん》としないぞ、と思いながらすすった珈琲は、

「美味しい」

驚いた。西野さんが師匠とあおぐ、誰もが絶賛する素晴らしいキーマカレーを作るカレー店の店長さんがいるのだけど、珈琲を愛するその人はお店に行くといつも珈琲を淹れてくれる。カレーとは裏腹に、その珈琲を出されると誰もが押し黙り、そっとカップを置く。その同じ「珈琲」というカテゴリーに当てはめたら申し訳ないと思うほどだった。カップを口に近づけた時点で、ふわり、とベリーのような薫りがした。口の中に広がる味わいも多彩だ。鼻に抜けていくイチゴのような薫り、でも同時にしっかりとしたチョコレートのような味わい。最後に残る風味も、赤ワインのような華やかさを感じるものだった。

「これ、珈琲なんですか?」

「そ。うちの生徒が研究中の珈琲。飲んだらそこの集金ボックスに好きな金額をいれておくだけでいいよ。次の研究のための材料費にあててもらう」

「へぇ〜」

僕は坂下さんに連れられて、「研究室」と名付けられた部屋に来ていた。僕が通っていた頃は中くらいの普通の教室だったけれど、そこを生徒に開放してみんなが自由にスパイスにまつわる研究をしているそうだ。スパイスの定義も、いわゆるカレーに関するものだけではなくてずっと広い。部屋にはいくつかの机を集めて島がつくられていて、その島ごとに手製の立て札が置かれている。まず入り口すぐにある僕たちが居る場所は「カレーと珈琲」。「できたて！」と書かれたポップとポットが置かれていて、坂下さんがそこから珈琲をついでくれた。

僕たちが立つ珈琲コーナーのすぐ隣には「カレーとアクセサリー」。

ネックレス、イヤリング、リングと様々なアクセサリーが並べられている。そして、そのすべてにスパイスが使われているようだ。カルダモンの実を樹脂《じゅし》で固めたピアス、クミンシードとコリアンダーパウダーを使って、海辺の景色を描いたような図柄のペンダント。スパイスの色や形が活かされていて、誰かにプレゼントしたくなるようなものばかりだ。残念ながら僕にはそういう相手がいない。ほんと残念だ……。

ただ、一番端に置かれていたイヤリングを見て、似合いそうな友人の顔が浮かんだ。ターメリックの黄色とパプリカの赤を使って描かれた小さな花があしらわれた小粒のイヤリング。決して派手ではない図柄だけど、やわらかに周囲を照らしてくれるような小さな花。成宮さんみたいだなと思った。僕たちの店を訪れてくれるときにいつも花を持ってきてくれるから結びついたのかもしれない。成宮さんの仕事が忙しそうで顔をあわせることがずいぶんと減っている、と気づいたのは店に飾る花がなくなったときだった。些細《ささい》なきっかけもなくだんだんと遠くなってしまうのだろうかと、すんとした寂しさが胸をよぎる。

そんなことを思った僕の記憶をくすぐるように坂下さんが言った。

「松本君、あそこは君にとってもちょっと懐かしいことをしているよ」

坂下さんが示した部屋の真ん中にある島には何人か生徒が集まっている。

「あそこは食べ歩き研究会。次回はミールスだそうだ」

「うわぁ。なつかしいなぁ」

「ミールスが好きでこの学校に入ってくれた人も多いよ」

ミールス。南インドの定食。あの頃の僕は本当になんにも知らなくて、瀬川さんにはずいぶん叱られた。僕と違ってちゃんとミールスがなんだか知っているのはそれだけで感心する。

「南インド料理を提供するお店の特集をここ数年で雑誌でもよく見かけるようになったからね」

坂下さんもずいぶん一般の雑誌で見かけるようになった。そうか、と思い当たる。僕が通っていた頃よりも坂下さんはずっと有名人になっているのか。僕みたいな不審者はそれじゃあブロックしようとするわけだ。一瞬、隣にいる人の遠さを実感する。つい坂下さんの横顔を見続けてしまったら、ん?と不思議そうに首をかしげられる。

「あ、いや、学校も大繁盛《だいはんじょう》だなって」

「うん。おかげで生徒もふえたなぁ」

坂下さんは部屋に集まる生徒たちを眩《まぶ》しそうに見つめる。右手に握る珈琲カップを軽くゆらゆらと回しながら、小さくつぶやいた。

「考えることもあるね。ここまで大きくなるとね」

それだけ言うと坂下さんはしばらく黙っていた。僕もあえて続きをうながさなかった。

生徒たちの何人かが不思議そうにこちらをちらっと見た。すぐに僕らの存在を忘れたようにおしゃべりに戻って笑い合う。ほのかな疎外感《そがいかん》を感じてしまう。ふと、坂下さんはずっとこちら側にたっていてこういう気持ちになることはないのかなと思った。思ったけど、そんなのきっと僕だけかもしれない。そもそも中村だったら今頃、もうきっとあの輪の中に飛び込んでいる。

中村、元気かなぁー。

わりと自然に会いたい気持ちがわいて、心の中で自問する。なんだよこれ。恋心か。

「さて、松本君にお願いしたいアシスタントの仕事なんだけど」

珈琲を飲み終わった僕たちは、研究室の一番隅に置かれた机に移動する。他の机と違って何かが飾られているわけではないし、誰もいない。ただ、ひっそりと札が置かれていた。

「ビリヤニ研究会。ただいま制作中。……ビリヤニまでやってるんですか？」

「どう、興味ある？」

ビリヤニ。インドといった南アジア地域、中東地域で食べられているスパイスを使った炊き込みご飯。バスマティライスのふっくらと軽い口当たり。炒めた玉ねぎの香ばしさと甘さに、肉のうま味、そして極めつきのスパイスの薫りが一口ごとに体に染みていくというくせになる味わいだ。お店に行って皿をだされたとき、ふわっと広がる香気はたまらない。

「好きですよ。でも」

僕はこれまでビリヤニを作ったことはない。僕がお店で作るカレーは南インド料理をベースにアレンジしているから、色んな味のおかずやスープを混ぜ合わせて食べてもらう。単品でひとつの味をつくりあげるビリヤニは未知の領域だ。

そう言うと、坂下さんはにんまりと笑った。

「ならちょうどいい」

「え。いや、でも生徒さんに教えるんですよね？　ビリヤニについて教えられることは何も……」

「違うんだ。教えてもらうと言うより一緒に考えて探ってもらいたいんだ。チームの皆に経歴を確認したところ、今立ち上がっている研究会の中ではビリヤニチームだけは作ったりした経験を持っていないんだ。食べたことはあるけど自分たちで作った経験がない。とにかくビリヤニに興味がある、というレベルかな。あ、先週入ったばかりのひとりだけちょっと経験ありそうだったけど」

聞いた話だとね、と坂下さんは意味ありげに笑う。

なるほど。いきなりビリヤニに挑むのはなかなかのチャレンジなのではないだろうか。強心臓チームだ。中村みたいなのがいっぱいいるのだろうか。ふたり以上の中村の相手はちょっと僕もつらい。仲良くやっていけるかもしれないという豆粒ほどの期待が徐々にそがれていく。

「研究会って僕らのときみたいに発表とかするんですよね？」

「あの頃ほどがっつりではないね。2週間後に発表してもらう。発表の仕方も自由。当日ふるまってもらわなくてもいい。自分たちの見つけたひとつのゴール、それはもちろん途中かもしれないけど、そこまでの経過とかを報告してもらう予定。で、ビリヤニチームだけど。ようやく調理してみようと動き出したのが今日だ」

ははは、と爽やかに笑う坂下さんにうなずき返すことも忘れ、僕は口をぽっかりと開けてしまう。あと2週間しかないのにその状態は、僕に想像できる可能性のあらゆる扉が堅く閉ざされすぎてどうしたってこじ開けられる気がしない。

「ということだったから、できれば何を作るかは皆の話をききながら提案してあげて欲しいかな。僕が言うと、皆それが正解だと思ってしまうから。まあ、それくらいかな、やってもらいたいのは」

正直、何か道筋をみつけて皆を引っ張るなんて大役に僕を選ぶのは人選ミスだ。いや、もう人材が枯渇《こかつ》しすぎて僕しか残っていなくて渋々声をかけてくれたのだろうか。それしか考えられない。

「あぁ、念のために言っておくけど」

坂下さんがのんびりとつけ加える。

「誰でも良かったわけじゃないよ。松本君に頼みたいと思って、あの展示会場に行ったんだから。引き受けてくれて助かったよ」

気持ちをすくい上げてくれたかのような坂下さんの言葉に、息が止まりそうに嬉しくて、言葉はひとつも出せなかった。

「さ、ビリヤニチームに会いに行こう。試作がちょうど炊き上がる頃だ。味は、まあ、きっとスパイス使いは悪くないはずだ」

ただ黙って坂下さんのあとについて歩き出した。廊下ですれ違った生徒たちはやっぱり僕らを少し不思議そうな顔でみる。主任講師のあとを歩く見慣れぬ僕は、きっと今にも泣きそうな顔をしていて、奇妙なふたり連れに見えたと思う。

鈍く光る銀の鍋。かすかなかけ声とともに火から下ろされた。閉じられていた鍋の蓋がゆっくりと開く。ぶわり、と勢いよく湯気が立つ。その瞬間、僕の大好きな世界が広がっていく。

カルダモン、クローブ、黒胡椒《くろこしょう》がひとつながりになった薫りがのびやかに部屋に広がっていく。坂下さんが言っていたとおり、スパイスは驚くほど良く薫っている。炊きたてのご飯にはサフランとグレービーソースの金と赤茶色がほどよくまざりあっている。鍋を囲っていた3人の顔は確かに輝いて、ひとりがそっとしゃもじでひとかき。バスマティライスは日本の米より細長い。その米を折らないように静かに持ち上げていく。さらに湯気が立つ。炊き込まれたチキンのうま味を感じさせる薫りが続く。

みているだけの僕は心の底からわくわくして、早く食べてみたくて仕方がなくなる。同時に、ほのかな悔《くや》しさも感じる。僕が作ってみたかったなと思ってしまうから。以前は知らなかった気持ちだ。美味しいものや作る人たちに純粋に憧《あこが》れて、手放しで感動して、そういう僕も悪くなかったのかもしれないと今は思う。だけど、きっともう戻れない。それはこの場所と、今僕の隣に立っている人のせいと言っていい。

「どう？」

僕の隣に立つ坂下さんが鍋を囲む3人に声をかける。3人はゆっくりと顔を見合わせる。

しゃもじを握った小柄な女性は、もう一度鍋をのぞき込んで小さく横に首をふる。

「……」

「ん？」

小柄な女性が何かつぶやいたように見え、坂下さんが穏《おだ》やかに微笑んで聞き返す。

「……す」

「んん？」

小さな声を受け止めようと坂下さんが身を乗り出す。小柄な女性は目を丸くして顔を赤らめるとしゃもじで顔を隠すようにうつむいてしまった。

「すみません。井上《いのうえ》さんは人見知りなんです」

小柄な女性の肩を励ますようにたたき、わずかに目を細めて口を開いたのはずいぶん背の高い男性。ふんわりとしたやわらかそうな茶色の髪、じっと見つめられたら僕も戸惑《とまど》いそうな綺麗《きれい》な二重《ふたえ》の大きめの瞳、その目力を和《やわ》らげるのに抜群《ばつぐん》の効果をもたらしている細い銀縁の丸眼鏡。肩を叩かれた女性は嫌そうではないけれど明らかに緊張が増している。つまり、完璧な器量《きりょう》好《よ》しだ。中村がいたらきっと、イケメン具合は俺といい勝負だなっ、と鼻息を荒くするに違いない。

男前の男性は眼鏡をかけ直しながら背をかがめて鍋に顔を寄せる。うん、と納得するようにうなずいてみせた。

「井上さん、大丈夫。全然だめですってことはないよ。少なくとも薫りは良かった。ね、築山《つきやま》さん？」

築山さんと呼ばれた20代後半に見える女性はかなり短めのショートカット。うーん、と言葉を探すように首をかしげた。髪が揺れる。すっきりとした目元は真剣に鍋を見つめる。けれど、坂下さんの姿を目の端にとらえると一転表情を明るくして笑うと、ぽん、と軽やかな音を立てて手を鳴らす。

「まぁ、ほら。まずは我々の頑張りをたたえて坂下さんも来てくれたし、とりあえず食べてみましょ！」

「賛成です！」

思わず声を出した僕を3人が振り返る。誰だおまえは、と彼らの目が雄弁《ゆうべん》に語っている。ですよね。たった今坂下さんに連れてこられた僕と彼らは完全なる初対面だ。

笑いを押し殺した声で坂下さんが僕を紹介してくれる。

「こちら、松本優人《ゆうと》君。数年前にこの学校を卒業して今は同じく卒業生の中村君と店をやっているんだ。今日からしばらく手伝いに来てくれることになった」

へぇ～、と少し興味を持ち始めた顔つきで3人がうなずいた。

「おぉ～！　じゃあ先輩ですね！」

築山さんが人なつっこい笑顔で笑う。

彼女の雰囲気《ふんいき》のおかげでようやく緊張がとけてきた。

「よろしくお願いします。事情があって少し店を休むことになりまして」

だけど、僕がそう言ったとたん、少し不安げな表情で築山さんは問いかけた。

「あの、お店ってビリヤニやっているんですか？」

もれないように押し殺してはいるけれどかすかな深刻さを帯びた声音だった。

「いえ、ビリヤニは全然」

僕でごめん、と思いながらそうこたえると、築山さんはどこかほっとしたように微笑んだ。

「よかった」

「え？」

「あ、ごめんなさい。私たち本当になんにも知らない状態だから、すごく詳しい人についてもらうと恥ずかしいなって」

背の高い男の人が相槌《あいづち》を打つ。

「それはわかります」

井上さんもこくんとうなずいた。

だから、つい僕も強く同意した。

「それは、本当に、僕もわかります」

「松本さんが同意しちゃだめですよ。あ、私たちの自己紹介まだでしたね」

あははー、と朗らかに笑っていた簗山さんが背筋を伸ばす。

「どうする？　私からでいいかな。名前、好きなスパイス、生まれ変わったらなりたいビリヤニ、とか？」

真顔で他のふたりに自己紹介の提案をはじめる。

一緒に学んで行くというのを受け入れてもらえるのは僕にとって願ったり叶ったりだ。だけど、もっと大切なことがひとつある。

「あの、僕に何ができるかは正直まだわからないんですけど」

正直、ビリヤニのことを何も知らないで恥ずかしいという気持ちよりも今この場に参加させてもらえる嬉しさが勝っている。それくらい、立ち去りづらい魅力が炊きたてのビリヤニから漂ってきている。彩りや米の感じはまだ途上なのだろうけれど、目や鼻で触れた「これはごちそうだ」という感覚は、僕の中でぐんぐん大きくなる。食べたらきっともっとすごいという予感がする。自己紹介を通じて皆のことだけじゃなくて、それぞれの具材に熱を入れるタイミング、油の使い方、食材の加工について山ほど聞きたいことが頭をよぎっていくけど、だけどまずはぐっと我慢。

「とりあえず、まずは食べてみていいですか？」

なんだかんだ、僕も中村なみに食べることはあきらめない。

おいしいというのは不思議な感覚だと思う。

おいしいというのはどんな気持ちなのかときかれたら、案外こたえられないかもしれない。

高級なお店の料理からどうしてそんなものがというものまで、人によって色々なおいしいがある。おいしいと思うのは味だけじゃなくて食材、作る人、食べる人、食べる場所といったたくさんの関係性がからんでくるんじゃないだろうか。すみずみまで磨かれた華やかなレストランで食べるものはやっぱりその華やかさが食べるものにのせられているし、誰か特別な人のことを考えて作られた料理はやさしさみたいなものに満ちている。好きな料理を一生懸命につくってみようとするときも同じで、不慣れでもひとつひとつの丁寧な工程がおいしくなれという願いにつながって、きっとちゃんとおいしくなる。

つまり、食べた瞬間の舌に残った味わいだけじゃない。

すべてがおいしいにつながるのだから切り離して考えるのはとても難しい。

「……つまり、まずかったってことですよね？」

食べた感想を僕にきいたビリヤニチームのひとり、理系学部の大学院生だという岸本大地《きしもとだいち》さんはふんわりとした笑顔がよく似合う顔を申し訳なさそうに崩してうつむいた。男前にそんな表情をさせてしまったことにあせりつつ、僕が言いたいことが十分に伝わっていないことともあって頭の中で言葉をめぐらせる。

仕事が入っていた坂下さんはすでにキッチンを去っていて、ビリヤニチームの3人とようやく自己紹介しあったところだった。

味わいを伝えるのは難しい。いつもと同じものを食べても体調や気分でまったく違うから、簡単に良し悪しで割り切れるものではないとわかってる。わかってはいるんだけど……。大皿に盛られたビリヤニを前に僕は少し口ごもる。

「えっと……おいしいという定義は複雑で……」

「本音は～？」

築山さんは机の上にぺたんと上半身を投げ出すようにした姿勢のまま、顔だけあげてニコニコと笑う。笑うとくしゃっとなる目は親しみやすい雰囲気を醸《かも》し出す。いっちゃえよ、と促《うなが》すような空気感。だからついに僕も降参した。

「はい……。ちょっと……おいしくはなかったかな。その……一般的な意味でのおいしいとしては」

「松本さんの、まだ生でしたね。う～、ほんと、ごめんなさい」

築山さんは両手を顔の前であわせ頭を下げる。その隣で同じようにペコリと頭を下げるのは井上真理《まり》さん。人見知りだという彼女はまだ僕と目をあわせてはくれない。

そう。僕が試食したビリヤニは少々難があった。薫りはとても良かったし、皿にもられた見た目も悪くなかった。確かにご飯は少し柔らかめではあったけど、手作りのご馳走《ちそう》という雰囲気を損なうほどのものではなかった。一口目の舌触りも決して悪くなかった。塩気の効いたソースにはスパイスの薫りがよくなじんでいて、ご飯も見た目より軟らかすぎなかった。問題は二口目からだった。じゃりっと久しぶりに感じる歯ごたえがした。どうやらご飯の芯《しん》が残っている。アルデンテだなと思った。三口目、ガリッと完全な生米が現れた。口をもごもごさせてとりあえず飲み込んでみた。四口目、食べる前に手を止めた。ご飯の中からぽろりと飛び出てきた鶏肉は、まだとても瑞々《みずみず》しい桃色を保っていた。生だった。

「火加減が……」

井上さんが小さな声でつぶやいた。ビリヤニを皆によそってくれていた小柄な女性。

「え？」

「……」

語尾がよく聞き取れなくて思わず聞き返すと、何か言い添えてくれたようだったけどその声すらも僕には上手く拾いきれない。井上さんは僕の表情をうかがうようにゆっくりと目線を上げた。目が合う。とたん、ぱっとうつむかれてしまう。……もう一度言ってくれとはお願いしづらいぞ。

「火加減を上手く調整できなくてごめんなさい。ううん、そんなことないよ。井上さんのせいじゃないですよ」

岸本さんが井上さんに語りかける。あの小さな声を拾いきるなんて。岸本さんの耳が凄いのか僕の耳が悪いのか。無意識に耳に触れた僕を案じてくれたようで、簗山さんがささやいた。

「大丈夫です。あれは岸本さんの特殊技術です。3人のお姉さんたちに仕込まれて、どんな女性の声も聞き逃さないようになったそうです」

「なるほど……」

その間にも井上さんの声なき声を拾った岸本さんは通訳を続けていく。

「うんうん。途中で気になって蓋をあけてしまったのが良くなかったです。いや、あれはそもそも肉を鍋に入れ忘れたんじゃないかって僕が言い出したのがはじまりだよ」

「そうだよ。私なんて今回ほとんどなんにもしないで見ていただけだし」

「簗山さんはもう少し手伝ってください」

「う、ごめん」

「あの、おいしくはなかったけれど、本当においしいって感じられた部分はありましたよ」

と僕が口をはさむ。

「おいしくないのにおいしい？」

井上さんは、思わずといった感じで大きめの声を漏らした。初めてちゃんと井上さんと目があった。僕は井上さんに伝わるようにしっかりとうなずいてみせる。

ふるまってもらったビリヤニは、確かに傷はあるけれど、僕はこういうものが食べたかったのだと顔がにやけてしまう部分があった。はじめの一口目だ。食べながら僕は何度も首をかしげてしまったのは、全然ダメの理由を探ると言うより、どんなに失敗だと言うしかない要素があってもはっとするほど惹《ひ》きつけられるうま味の正体を知りたくてたまらなかったから。さっきまでここにいた坂下さんも、基本は僕と同じように食べることを楽しんでいるように見えた。ビリヤニチームのみんなが思うよりもずっと。僕もそうだったからわかる。完璧な味にしなければならないってあせってばかりいた。ただ一通りの感想を言うだけでは彼女の気持ちをほぐすことはできないかもしれないけど、少しでも伝えたい。

「全然ダメじゃないですよ。……生煮え部分はあったけど。本当です」

なぐさめだけではなくて真実感じたことを伝えようとした僕の声に、井上さんは目をそらさずにいてくれて、微笑した。

「……か？」

……声の小ささはまだ変わらない。

「お差し支えなければでいいのですが、どこか良かったところがあったら教えてもらってもいいですか？」

岸本さんの通訳に井上さんはこくんとうなずく。井上さんのつぶやきと岸本さんの通訳は声量だけじゃなくて言葉数も違う気がするのは僕の気のせいだろうか。そこを掘り下げるのはまだ早いのかもしれない。

「スパイスは本当によく薫ってました」

築山さんが驚いたように目をあげる。

「いやいや、私がなんとなくあわせてみただけなので、本当はまだスパイスを練る段階まで行ってないんですよ。とにかく必死で」

築山さんは後ろの棚を指さしてさっぱりと笑う。棚にはずらりと並んだスパイスの瓶。カルダモン、コリアンダーシード、チリ、クミンシード、ターメリックなどなど。その横に小さなミントの鉢がひとつ。僕らの菜々子（カレーリーフ）を思い出して懐かしくなる。スパイスはホールを使って自分たちでひいているようだ。なんとなくあわせたにしては十分美味しかった。薫りが良かったのは学校で習った基本を押さえているからなのだろうか。

ふと、さっき築山さんがなんとなくスパイスをあわせただけだと言っていたのが気になった。同じ風味を再現するための記録は残していないのかもしれない。

「今日作ったビリヤニのレシピ残してるかな？　本にのっているものを使った場合でも、使った調理器具や、加熱にかかった時間、使ったスパイスは記録しておくといいよ。料理の再現性がぐっとあがる。そういった記録をもとにスパイスの組み合わせをしぼっていけば理想のバランスがわかってくるはずだよ。料理って本当にその日の気候や作る場所によっても左右されることがあるし」

もう少しもう少しとスパイスの量や組み合わせを変えていき、迷いに迷って違いがわからなくなる経験は僕にもある。その場で即興《そっきょう》で作るのも面白いけれど、やはり出発地点に戻れるようになる記録はとても大切だ。

「迷ったらレシピを見直して最初の組み合わせに戻すのがおすすめだよ」

「そういえば、簗山さんがノートにまとめてくれています」

「それは見てみたいです」

「あっ」

岸本さんが棚からノートを取り出し、僕に差し出してくれようとすると、簗山さんがその手からするりと抜き取って、お腹に抱えてしまう。

「あ、いや、あの。恥ずかしいからまだ見ないでください。ちょっと綺麗にしますね」

そう言って、ぎこちない笑みを浮かべて僕をみる。

「あ、いえ、そんな全然。なんなら一生見せてもらわなくても。あ、見たくないというわけじゃなくて、その、レシピは冒険の記録だから、大切ですよね」

「いえ、なんかこちらこそごめんなさい。その、今度、ぜひ……」

明らかに動揺して簗山さんの目が泳ぐ。初対面だというのに無邪気《むじゃき》にずうずうしく責めすぎたのかもしれない、と心の中で反省しつつ、全然気にしてない風な表情をつくって笑ってみせた。つもりだったけど、明らかに落ち着かないちりちりした空気が残ってしまった。もう本当に人間関係を中村まかせには絶対しないと決心した。日々の鍛錬《たんれん》が世界を書き換《か》える。地道な努力なしに人間力はあがらない。

それにしても、あんな風にちゃんとスパイスを使えるのなら本当に僕に教えられることなんてないよ、と辞表をそっと置いて去りたい気すらしてきた。と、ちょっと沈みかけた僕をすくいあげるように築山さんは人なつっこい目を僕に向けて笑いかける。

「私、レシピの書き方とかわかっていないところあるので、ほんと今度助けてください。あ、そうだ。皆も松本さんに教えてもらいたいことといっぱいあるでしょ？　井上さんはどう？」

そう言って井上さんの肩をたたく。

井上さんは少し驚いたように目を丸くしたけれど、唇がぎこちなく、だけどしっかり意思をこめたように動く。

「……は、……です」

さっきまでよりは聞き取れる！　でも、まだ僕の力では言葉を追い切れない。

「私はみんながおいしいと言ってくれる味を知りたいです、とのことです」

岸本さんの通訳にうなずいてみせた井上さんは僕を見た。瞳にはこちらの出方を心配するような色を浮かべている。うん、と僕はうなずきかえす。井上さんの求める味がどれだけ難しいかは知っている。だけど、井上さんが言葉にして紡《つむ》いでくれた気持ちを無理だと切り捨てたくはなくて、どうにか一緒に考えてみたいと思った。

「うん。どうなるかわからないけどやってみようか」

そうこたえた僕に、岸本さんがややためらいをふくませながら尋ねてきた。

「あの、僕も自分の希望を言ってもいいですか?」

「ぜひ」

岸本さんはほっとしたように白い歯をみせてふわりと笑い、やわらかそうな前髪をかきあげる。一連の動作には、ほんのわずかな無駄もなくなんだか美しい。中村、ここに本物の男前がいるよ、と思わず心の中でつぶやいてしまう。

「僕は、世界にひとつの味を作りたいんです」

「な、なるほど」

少々滲ませてしまった僕の動揺はなんとか気づかれずにすんだようで、岸本さんは爽やかに微笑んでくれた。僕はうかがうようにゆっくりと築山さんに目を向ける。ここまできたら、早めに確認しておきたい。築山さんは少し戸惑うように口ごもり、それから心を決めたように続けた。

「私は、誰でも簡単に作れるレシピを知りたいなって」

みんなの希望はできるだけ叶えてあげたいけれど、このままではビリヤニの深い沼を上下左右見失ったままさまよい歩くことになってしまう予感しかしない。

「あの。2週間後に成果を発表するってきいたんですけど、そこで作るものは決まってます?」

3人は顔を見合わせて首をかしげる。

まずは皆の頭の中にあるイメージを具現化《ぐげんか》すること。そうしないと何もはじまらないかもしれない。坂下さんは、皆の話をききながら提案してあげてほしい。やってほしいのはそれくらいかな、と軽やかに言っていたけど、僕にとってはとんでもなく難しいことじゃないだろうか。

「何を作ればいいか僕の方でも考えてみますね……」

「よろしくお願いします!」

僕に向かって微笑みかけてくれる築山さんにとっさになんとか笑い返しながら、これまでほとんど使われていないんじゃないかという頭の奥までひっくり返して僕のなけなしの知識を探していた。

誰もがおいしいと思う世界にひとつの味でかつ簡単に作れるビリヤニ。

そんなの。無理だよ!?

その日の学校から帰る途中、チェーンの喫茶店に寄り道した。というか久しぶりに会う友人との待ち合わせだった。駅のすぐ近くにある割に、一本だけ表通りから奥にはいるせいかお客さんの数はそれほど多くない喫茶店。ひとりで来ている人が多く、勉強したり仕事をしたり割とゆっくりと過ごさせてくれる場所だった。のんびりとした居心地の良さがあるけれど、小走りで喫茶店に駆け込んだときは待ち合わせ時間から30分以上過ぎていた。いくら何でも待たせすぎた。

学校を出るときに連絡はいれたものの、その時点でとっくに遅刻している時間だったのだから、相手と顔をあわせるのが少し怖い。道路に面した一面の大きな窓ガラスのすぐ脇の4人席に案内される。そこにいた先客は僕が近づいたとたんにぱっと顔をあげる。

「おそい」

机の下で組んだ足を組み直しながら瀬川さんは言った。ブランド名はわからないが相変わらずすっきりと洗練されたデザインのシャツを着こなしていて、手に持った文庫本もさまになっている。

カレー予備校の同級生かつ西野さんの旦那さん。SNSを中心に続けているカレー批評家活動では、僕と中村が店を開いたときもコメントをのせてくれた。まだ店舗運営の手際の悪かった僕たちにとって耳の痛い点もあったけれど、経験を重ねてこれからどんどん良くなっていく、とまっすぐに期待を込めた言葉をくれた。そのコメントに、僕と中村は何度も何度も励まされてきた。

　その瀬川さんは席に着いた僕を見て、薄い笑いを浮かべる。どうやら久しぶりに全力の瀬川節をきけそうだ。全面的に僕が悪いからそっと頭を下げて拝聴《はいちょう》する。

「講義は13時から、その後に自由参加の研究会は17時まで。片付けがあっても18時には退館。なのになんで君はこんなに遅くなるんだよ？　言う必要もないだろうけれど、この場所に18時と指定してきたのは君だからね」

「ほんとごめんなさい。っていうか瀬川さん詳しいですね。僕らの頃とスケジュール大分変わったのに」

「卒業生としては常に情報を追っておくのは当然だろ？　学校のプログラムのチェックは基本だし、参加者がSNSでつぶやいていることがあったらできる限り拾うだろ。小さな感想や疑問から新たなアイディアが生まれる可能性だってある。カレーに対する姿勢を知って、こちらの知識や考えを時代にあわせてアップデートする。当然、君だってやってるだろ？」

　当然かはわからない。とにかくすでに19時近い時間になってしまっている。待たせてしまったことは申し訳なくて、慌てて状況を説明しようかと思ったけれど、まずは瀬川さんが一番喜ぶ話題をふることにした。

「あの」

「なんだよ？　言い訳ならまあ一応きくけど。松本君、ちょっとは」

「紗菜ちゃん元気ですか？」

「げんきー！　あ、みる？　写真みる？」

そういうわけで30分しっかり紗菜ちゃんの写真を堪能《たんのう》させてもらうことになった。

「で、僕いまビリヤニのことを調べてるんです」

瀬川さんはまだ喋り足りなそうではあったけど、気付かないふりをさせてもらう。

「ビリヤニねぇ」

瀬川さんは名残惜《なごりお》しそうに紗菜ちゃんの写真を表示したスマホ画面を見つめてから、視線を僕に投げる。

「2週間だけだろ？　まぁ、極めるのは無理だと思うけど」

遠慮のない意見にむしろすっきりする。

「ですよね」

「だからって、うやむやなまま諦める気じゃないよね？」

遅刻の言い訳はきいてくれてもこちらに関してはきくつもりはない様子がうかがえた。

瀬川さんがどれほどスパイス料理を愛していて、瀬川さんなりのやり方で深く長く続く探求をずっとひとりで続けていることを知っている。時間がないからなんて理由だけで役目を果たそうとしないのはきっと納得しない。もちろん、僕だって納得するつもりはない。

「とりあえず勉強しようと思って、さっき図書室で本借りてきました」

借りてきた本を4冊、机の上に広げてみせる。

瀬川さんが目を細めて本を手に取る。ぱらぱらと捲《めく》って言う。

「へぇ。悪くない本だな」

つぶやくような声は優しく笑っていて、頑張って全部読みたい僕の気持ちをまっすぐに押してくれる。

かつて学校に通っていたときは僕の勉強が足りないと何度も瀬川さんに叱られた。学び方はさまざまあって、人それぞれで違うわけだけど、それでも基礎となる知識の重要性や勉強の仕方を教えてくれたのは瀬川さんだ。あらゆるものが無造作に積み重なっていく情報の中で、僕がなんとか沈まずにいられるのはこのときの経験があるからだ。今回も一からまずは勉強してみようと思った。

「実は夕方からずっとこの本をひたすら読んでたんですけど」

瀬川さんは、それが遅刻の理由ね、と言いたげに眉をかすかにひそめる。だけど口を挟むつもりはないようで、僕に続きをうながすようにうなずいた。

「勉強すればするほどビリヤニってなんだろうってわかんなくなってきました。すごく広い地域で食べられているし、地域ごとに特色が全然違うんですよ。基本要素だけとっても、バスマティライス、肉、スパイス、ヨーグルトソースの組み合わせが必須なのかと思えばそういうわけでもないし。甘いビリヤニもあるみたいで。生活に根付いた文化そのものが反映されて、地域ごとの特色があるのかな、とか考えたらどれかひとつ選ぶとかも難しくて。日本だとハイデラバーディビリヤニという形式が一般的になっているんですけど、これはマリネした肉を炊き込んで」

とまらないとまらない。どんどん話してみたくて、話しているうちにまだ全然わかっていないことにきづいたり、もっと深く知りたいことを見つけていく。バナナ葉を使って蒸しあげるバーリービリヤニ、牛乳で炊くドゥードビリヤニ、バターミルクとクリームで肉をマリネして炊き上げたムタンジャンビリヤニ。使う肉や野菜も様々で、バスマティライスを使うとも限らない。どうしてこのスパイスをこのタイミングで入れるのだろうというレシピもあったし、文章を読んだだけだとどんな工程でつくっているのかわからないものもあった。レシピの声に耳を澄《す》ませても追いつけなくて、どこから手をつけたらいいのか正直わからなくなっている。

瀬川さんは僕の話をまるっときいてくれたあと、

「正直、ここまで勉強してくるとは思ってなかったな」

全然なんにも解決していないどころかまだスタート地点であるのに、踏み出した一歩の方向が間違っていなかったということを認められた気がして嬉しくなる。ありがとうございます、と言いかけた僕に、瀬川さんはにやっと笑った。

「だけど、まだまだ」

そう言いながら机の下から重たそうな紙袋を取り出した。

「君から連絡があった時点で今日の相談内容は予測がついたしね、いくつか持ってきた」

ごんっ、ごんっ、ごんっ、ごんっ。本にあるまじき音を立てて机に置かれていく巨大な本。これを運んで来てくれた瀬川さんには感謝しかない、だけど、つまり。

「特別だ。貸してあげよう。最低限読んでおいた方が良い本を集めておいたから。特にこの『Biryani』は必読だな。英語だけどなんとかなるだろ。あ、重いから返すときは郵送して」

「あ、ありがとうございます」

図書室で借りてきた本に加え、瀬川さんの殺人的重量感のある本を持って帰ることを思うと、ざわめく気持ちが、嬉しさを少し上回った。机に置かれた本を持ち上げてみる。腕が痙攣《けいれん》しそうだ。本音を言うと、ざわめく気持ちはかなり上回った。

「ん？　顔色悪くないか？」

「い、いえいえ。いや、ビリヤニ研究はこれでなんとかなりそうだなぁと。……ただ」

「ただ？」

「えっと……」

本の重量におびえていることは悟られないように、話題を変えようと思った。西野さんのこと、紗菜ちゃんのこと、中村のこと。話したいことはいくらでもあったけど、僕はやっぱりそれほど器用じゃなくてビリヤニチームのことから大して離れることはできない。なるべく弱音みたいなことは吐きたくないけれど、ぽろりと口から落ちてしまう。

「チームをまとめられる自信がないんですよね」

瀬川さんは何も言わずに僕を見て、それからゆっくりと珈琲を飲む。ふいに、あぁ僕が本当にきいて欲しかったのはこのことなのだと思った。きっと何をどうでもいいことと悩んでいるんだって叱られるだろうけれど、僕はもうあの学校の生徒じゃなくてチームの皆からみたら坂下さん寄りの立場にいるはずだ。

「皆の個性がバラバラで、ビリヤニに求めていることも違う感じです。……違うというかまだ触れられないというか」

学校に通っていたときは、坂下さんだけじゃなくて色んな人たちが目の前の課題をクリアするためのヒントをくれた。僕が得てきたことを少しでも返していけたらなと思う。今回の話をもらったからにはできる限りのことをしたい。あらゆる知識を差し出したい。なのに、自分の準備ができていないことに気付かされるばかりだ。僕がしてもらったみたいにチームの皆が必要とする経験を渡してあげることはできるだろうか。

「みんながバラバラねぇ」

瀬川さんは珈琲カップを置き、右手で頬杖《ほおづえ》をつきながら窓の外を見る。人通りは多いけどあまり車は通らない。自転車のライトが左から右へと走り抜けていき、瀬川さんは眩しそうに目を細める。ゆっくり歩く人、誰かを待つように足をとめる人、駅に向かって走って行く人。なんとなく目で追うだけで色んな人がいる。店内が映り込んだ窓ガラス越しに眺めているせいだろうか。それぞれが目指す方向に歩いて行く人たちは、遠い親戚みたいなよそよそしくもどことなく僕と近いものがある人たちのように思えてきて、知っている顔はひとつもないのが不思議な気がした。

「うん。それ、非常に面白いな」

「え？」

ぼんやりしていた僕のきき間違いかと思った。

「面白い」

瀬川さんが身を乗り出してくる。さっきまでよりずっと目を輝かせている。大ファンだという鹿野さんのカレーを食べたときにこんな顔をしていた。瀬川さんのどこかのスイッチが作動したようだけど、まだ僕の頭はうまく切り替えができていない。叱られるかせいぜい励まされるかの2択だと思っていたところに、まさかの「面白い」が飛び込んできた。

「面白い、ですか？」

「そうだろ。考えてみろよ。ビリヤニは確かに一皿をまとめあげる必要があるから、俺たちがつくったミールスみたいに組み合わせで味わいを変えられる自由度は少ないのかもしれない。だけど、君が言っていたとおり、土地や人によってさまざまなビリヤニがあるわけだ。さっきから考えてたんだよ。じゃあ、日本でどんな風にそういうバリエーションを作り出すことができるのか。経験も、理論も、目的も全然違うメンバーの色んな技を組み合わせたら成り立つかもしれないじゃないか」

ひとつの皿に盛り付けられた今日のビリヤニを思い出す。分け合って食べたのは、絶対に店では出てこない味。確かに失敗ではあったけど、それでも魅力的だった。美しい真理を追究しようとする心意気を感じた。でも、それだけでは行きたい方向にたどり着けない。どんなに僕が危なっかしくても、なんとか皆の手を引っ張って進む道を見つけなくてはならない。迷路に迷い込みそうだ。いや、もう迷い込んでいる。

「役割っていうのは人をつくるともいうから君にはいい経験だろ。普段つくっているものと違う料理に取り組めるなんて貴重な経験だしな」

喫茶店を出たときには空には三日月が浮かんでいて、長い一日になった。

駅で別れるとき、瀬川さんは「あぁ、そういえば言い忘れたけど」と僕をふりむいた。

「ま、気楽にやれよ」

そう言うわりに表情はいつもにまして無愛想。いや、口元だけなんだか変にゆがんでいる。あぁ、笑顔を作ろうとしたのかと僕がきづいたとたんに瀬川さんはそそくさと地下鉄の駅に向かって歩き出す。気楽にやれ。瀬川さんには珍しい軽い言葉。だからこそ、一生懸命に気をつかってくれたんだなとわかる。

残された僕は瀬川さんの不器用な表情を忘れられずに笑いがこみ上げてきていた。すっかり12月だ。空気は痛いくらいに冷たくて、僕の吐く息は白く残る。すっかりその寒さに飲み込まれそうな気分だったけど、笑っているうちに少し歩いてみたい気分になった。次の駅がどのあたりにあるかわからないけど、ゆっくりと歩き出す。空は澄んでいて三日月の隣には星がよく見えた。駅に吸い込まれていく人の流れができている。行き先がわかっていないのは僕だけかもしれない。それでもいいやと思えてきた。

インド編②～古都にふく風を追いかけて～

あたしはめらめら燃えていた。

ナカムラとふたりでぐんぐんと小路を早足で通り過ぎていく。

あたしの住む街バラナシはヒマラヤから流れ出したガンガー、日本ではガンジス河と呼ばれている大河、に寄り添う古都だ。街には古くから多くの人が沐浴《もくよく》や寺院参拝に訪れるし、たくさんの国から旅行客もひっきりなしにやってくる。

街にはいわゆるチェーン店も増えてきている。若かりし頃のあたしはファーストフードのポテトが好きすぎて困り果てたこともある。けれどここ数年はちょっと違う。街を歩いてまだまだ路地にはたくさんの小さな店がにぎやかに並んでいると知ってから、あたしは街を食べるように歩き回ってる。

あたしがどれだけ探検してもしつくせないほどの食材や食べ物が並んでいて、その色も薫りも何が伝統的なのかわからないくらい多様性に富んでいて、困惑することがある。けどそういうのを全部ひっくるめて魅惑的なのだ。

露店《ろてん》に並んだ野菜は暑さにぐったりしていることもあるけど、朝露をまとったままの緑がほんとうに綺麗なときがあり、あたしはぼんやりと眺めてしまう。そんなあたし、繊細で好き。と心底思うけど、今日はそういう風流はいらない。

すべてを食べてまわるのだ。

ワダ、ドーサを露店でピックアップして腹ごしらえ。ワダは豆を使った甘くないドーナツみたいなもの。熱々に負けずにかじる。サクッと軽いはじめの食感に続いて中はふんわり。塩気とスパイスによって力がみなぎる。お次のドーサは米と豆を発酵させた生地で作るクレープみたいな料理。うすい生地を筒状に丸めてくれたものを受け取ると、焼きたての香ばしい香りがする。中身にはトマトベースのマッシュポテト。生地の優しい酸味とマッシュポテトのしっかりスパイスの効いた味わいは食べ応えたっぷり。でも、まだまだいける。それからマライ・トースト。マライはミルクをベースにしたホイップ状のお菓子なんだけど、それをたぁっぷりとトーストにのせて、お砂糖をこれまたたっぷりかけて食べる。これでもかとマライをのせてくれるまでお店のおじさんにはねだってしまうほど、大好物。他にも三角形のさくさく生地が特徴の揚げたてサモサに、とにかく甘いベンガル菓子、濃厚なのにどこかすっきりしているヨーグルトドリンクのラッシー。

次々と美味しいものはあたしたちの視界に飛び込んできて、躊躇《ちゅうちょ》なく次々に食べ尽くす。こうやって旧市街をくまなく歩いて目に飛びこんだものを食べているとき食べるためにこそ生きてるって感じがする。恋がなんだ！

あたしは食べるのが大好きで、だから同じようにご飯をたべてくれる人はそれだけで仲良くなってしまう。

ナカムラはあたしに振り回されるどころかむしろあたしより積極的に色んなお店に飛込んでいく。

「お。このサモサに入ってるのなんだろ？　ポテトじゃないな。なんか甘い」

「気付いた？　バナナとチョコレート。スパイスも効いてるでしょ。珍しいんだよ」

「へぇ～、うん。あんま好みではない」

簡潔な感想を述べたナカムラは残りをぱくりと口に放り込んだ。

「ちょ、ちょっとちょっと。もっと味わって。味わったら良さがわかるから」

確かにポテトのサモサは美味しいよ。バナナチョコレートいれるのは完全オリジナルっていうか、あたしも出会ったときは衝撃だったけど、くせになるはず。むしろこの食祭りのハイライトと言っても過言ではない。

「いや、別にまずくはないよ」

「や、違うの。違うの。まずくないとかじゃなくて。この良さを語りあいたいのっ」

ナカムラに必死でバナナチョコレートサモサの特別なところをあげていく。

「あっつあつの皮をサクッとかじるでしょ。塩気のきいたポテトが出てくると思うじゃない？　違くてびっくりするじゃない。トロッとして甘くて、シナモンとクローブの薫りがすごくて、ほわんって、皮に閉じ込められていた薫りがほわんってするじゃない？」

ふむふむ、とナカムラが2、3度うなずいた。

「うん。アンジェリーの大好物だってことはわかった」

「え〜！　それだけぇ？」

美味しさを上手に伝えることができるほどの語彙《ごい》のない自分をくやむ。そんなあたしをナカムラは、うはは、と楽しげに笑う。伝わってないなぁとあたしがあきらめかけたとき、笑いは残したままほんの少しだけ静かな声でナカムラは言った。

「好みは違ってもさ、一緒に何か食べるっていいよな。俺大好きなんだよ」

だからあたしの好きなものをナカムラにも好きになってもらいたかったんだけど。小さくため息をつく。

「アンジェリーと俺は、普段食べているものはきっと違うだろ。日本人同士だって、家庭の味っていうのかな、同じ料理名でも全然違うもん食べてることあるんだよ。でさ、その友達の家に行ってご飯食べたりすんのがすんごい好きだったんだよ、俺。一緒に店やってる松本ともそうやって仲良くなったんだ。食べることで色んな違いを知れてそれがいいんだよ。好きなものとか嫌いなものとかそれぞれあるんだけど、お互いふしぎと自然にそういうこと話せてさ。どんなものが好きでどんな風に料理してどんな風に食材を選択してきたのかって、結構俺たちを作ってきた真ん中にあるもんだって気がするんだ。好きでも嫌いでも、まあまあでも。そこには俺とかアンジェリーの一端が確かにあって、そういうの見せてくれるのが嬉しいし、一緒に食べることでなんか、うーん、上手く言えないけど、違いを混ぜることができる気がする」

ナカムラは数歩あたしの先を歩いていてどんな表情をしているのか見ることができなかったけど、まっすぐな声は周囲の喧噪《けんそう》に負けることなくあたしに届く。やわらかな風が頭上を通り抜けていく。

「同じもの好きじゃなくてもいいのかぁ」

「いいに決まってんじゃん」

ナカムラはあたしを振り向いて歯を見せて笑った。こんな風に言ってくれた人ははじめてで、あたしの中の糸がふわっと緩んだ気がした。美味しいものをみつけてあげて、一緒に同じ気持ちで食べたいと思う。その気持ちは変わらないけど、思っていたのと違う感想を言われたりしてもがっかりする必要はないのか。やるじゃん、ナカムラ。

そういうわけであたしとナカムラはすっかり仲良くなった。

チャイを飲みながらゆっくりと家までの道を歩く。お腹も気持ちもようやく落ち着いた。

「やるねナカムラ。あたしと同じペースで、食べ歩きできるなんて。しかもなかなか食べ慣れてる」

「だろ？　まぁ、量については正直驚いたが。ただ、食べ物の知識についてはこっちにいるうちに追い越すくらいの気分でいるからな。地元っ子に負けないから」

地元っ子と言いながらナカムラはあたしを見る。

「うん」

あたしはとりあえずうなずいた。

路地を抜けていくぬるい風をたどるように歩き続けていると露店が減り、喧噪も引いていく。旧市街の細い道から見上げる空は小さく切り取られているけれど、その分青が澄んで見える。色んなものがあたしを満足させてくれて、この時間を一緒に過ごしてくれたナカムラにようやく興味を持ち始める。

「ナカムラは料理得意なんでしょ？」

「料理？　あーうん」

ナカムラはさりげなく視線をそらして空を見上げる。そのほんの一瞬。ほんの一瞬だけ、ぽつんと小さな染みがにじみ出すようにわずかに表情を変えた。それは、どこかあたしとなじみのある表情で、あたしの意識をひっかけた。だけどすぐにその違和感は消えてしまう。あはは、とすっきりとした笑いながらナカムラが話を続けたから。

「ぜーんぜんっ。俺は食べるの専門。一緒に店をやっている松本が作ってる。あ、松本っていうのはアンジェリーが」

「それ以上言わないで。あ、そこ牛が寝ているから気をつけて」

「うぉう」

さすがに道ばたにいる牛はあまり見慣れていないのか、ナカムラはおそるおそる脇を通り過ぎる。その拍子《ひょうし》にナカムラの持っていた荷物が地面に丸まっていた犬をかすめて、犬は眠たげに顔をあげてくぅ～んと鳴く。

「あ。わるい。痛かったか？」

思いのほか生真面目な声で犬に謝っている。

面白い人だ。

道の先に見えてきた大通りから、先ほどまでとは違う賑わいが流れてくる。車、リキシャ、そしてガンガーに向かう人たちの華々しさや静謐《せいひつ》さや色んなものがまじりあった歌うような声。ガンガーをみると、みんな歌い出す。それは喉を振るわせる声として出てくるものじゃないときもあるけれど、心の中にあるものがどうしようもなく滑《なめ》らかに流れ出してしまうのだ。しっかり美味しいものを食べて、歌う。それがこの街の過ごし方だ。

そんなことを感じて歩いていたあの頃のあたしが懐かしい。

ナカムラを案内して自宅兼ゲストハウスに戻ったらすでにあたしにとって大事件が起きていた。

抑えようもなく体がわなわなとふるえてしまう。

そう、あたしは怒っている。と思ったけど、怒っているわけじゃないと自分で打ち消す。困っている。うーん、そういうわけでもない。もう本当に混乱の極み。顔が熱い。あぁ、そうかあたしは恥ずかしがっているのか。そう気づきを得て、顔を上げる。とたんに、視線の先に見えたものに、うわぁーっと全身かゆい気分になる。あぁ、これ羞恥心《しゅうちしん》ってやつだわ。頭を抱えそうになるあたしの隣では、ナカムラが大いに笑い転げてくれている。

ナカムラは、我が家の屋根にでかでかと掲げられた横断幕《おうだんまく》を指さしてひぃひぃと苦しそうに笑って、スマホで写真をとりまくっている。横断幕には巨大な顔がプリントされていて、その横に「Ｗｅｌｃｏｍｅ」。横断幕の顔はふたつ。ひとつはあたしが恋い焦がれていた「ナカムラ」の写真。そして、その隣には妙にうっとりした表情のあたしの写真。

「あー、面白いな。アンジェリーの家」

涙をぬぐいながらナカムラがしみじみと言うのをきいて、呪縛《じゅばく》がとけたようにようやく声がでた。

「お、お、おかあーーーさーーーーんっっ！　なにやってんのよ!?」

「どう？　素敵でしょぉ？」

うふふ、とお母さんは両手をそろえて頬にあてかわいらしく首をかしげる。のんきな笑顔をみて思い直す。いや、恥ずかしいとかじゃなくてあたしやっぱ怒ってるよ。心がめらめら燃え出すよ。

「素敵でしょー、じゃないわよ。朝から何か仕込んでるなとは思ったけど、なんでよりによってあんなの作るの!?　あの写真、あたしの写真、あれ、おばあちゃんの誕生日会で食べすぎて死にそうになっているときじゃない」

「気に入った？　私の力作！」

と胸を張ったのはお母さんの妹のアイーシャ叔母さんだ。

あたしの返事を待つことなくお母さんが力強くうなずく。

「完璧よ」

「ふふん」

「やっべぇ。アンジェリーの家族おもろい」

「あら、ありがとう。ナカムラちょっと写真と雰囲気ちがうけど」

「ちょっと違うけどいいことというじゃない」

「いや〜、期待を上回る男がきちゃってすみません」

「ちがーうぅぅ!!!　別にね、ナカムラの歓迎のための飾り付けは構わないよ」

そもそもあの写真ナカムラじゃないけど。

「だけど、何もあんなでかいの作らなくていいじゃない！」

お母さんと叔母さんは顔をみあわせる。姉妹らしく似たような表情で唇をとがらせて、

「だって」とこれまたそろって言う。

「だって何？」

「えー、だって」

お母さんと叔母さんがもじもじと、そっちが言いなさいとお互い譲り合いだす。あたしは腰に手を当てて、ふんっ、と眉に力をいれてしかめつらを作る。この顔は5分は持たない。その間に決着をつけねば。

「はやく。どっちが言い出したの？」

叔母さんがお母さんを前に押し出した。お母さんは「えー」と言い淀みながら、「おばあちゃん」と言った。

「おばあちゃんが大きい方が良いって言うからぁ」

おばあちゃん。おばあちゃんは我が家の実質的な家長といっても差し支えない。すっと伸びた背筋が美しい最高にいかしたおばあちゃんだ。いや、しかし。そのおばあちゃんの言うことだろうと、あたしにだってプライバシーってものがある。

「横断幕は外してっ」

「あ、うーん。それはいいんだけど」

何やら歯切れが悪い。

「なに？」

叔母さんがあたしとお母さんを見比べて、渋々というように口を割る。

「アンジェリー。もう遅いかも。おばあちゃん、このビラ配るって、さっき出て行ったところだから」

叔母さんから手渡されたビラに目を落とす。

横断幕と同じデザインの写真に加え、なにやらあたしの顔写真の下に書いてある。

「運命の人と出会えるかもしれないゲストハウス・フレンドリー」

卒倒《そっとう》しかけた。だけど、そんな猶予《ゆうよ》はない。

「おばあちゃんーっっ」

あたしはなりふり構わずかけだした。

おばあちゃんをとめないとあたしは二度とこの街で外を歩けなくなる。

第３章　今日のビリヤニ、あの日のビリヤニ

おいしいビリヤニってなんだろう。

そんなことを思いながら僕は瀬川さんから借りた本を読んで、少しでも知識を得ようとしていた。レシピを考えるだけなら、ずっと気楽なものだとどこかで思っていた。だけど、作り方やポイントは本を読めばある程度つかめるものの、どうすればいいのかはどんどんわからなくなっていく。

僕はレシピをつくることが好きだ。店の営業がおわったあとのすっかり疲れた日でも、新しい日のためのメニューを考えると体が軽くなる。時間があれば中村とふたりで話して、食べ歩いて、スーパーを端から端までながめたりして新しいことを考えるきっかけになりそうなものを手に取ってみたりする。レストランの料理、スーパーで売られているスパイスキット、それにレトルト食品も、ひとつひとつ誰がどんな思いで作ったのか勝手に推測したりする。僕だったらどんな風にできるかなって。

今回もそういう風にすすめるつもりだった。

なのにびっくりするくらいに情報が多すぎて、それに簗山さんたちの希望もバラバラでどうしても形になって見えてこない。

とりあえず学んだ知識をまとめようと試みる。

米とスパイスの芸術とも言われることのあるビリヤニ。作り方や具材、いわゆる調理のコツまでも、あらゆる種類があって、カレー以上に正解はない、という印象だった。ただし、本格的に作ろうとすればするほど時間はかかるし、材料も特別なものになっていく。あらゆる手法の中で、比較的日本で多くの人が親しんでいるのがハイデラバード式と呼ばれる作り方だろう。下味をつけた肉、グレービーソースに米を上から重ねていき、最後にサフランやターメリックで白い米に彩りを加える。見た目もいいし、味も変化に富んで楽しめそうだ。ただ、この調理方法だと鍋の中の様子がわかりづらいという難点がある。この前、チームの皆が採用したのは米を炊き上げながら肉にも火を通していく方法で、中の様子がわからなかったから肉の火の通りが甘かったのだと思う。

気づくと部屋の中がすっかり暗くなっていた。時間があれば一度作ってみようと思っていたけれど、もう17時をまわっているわりにあまりお腹は減っていない。調べることに夢中になってしまったせいか食べたい気持ちがどこかに行ってしまっていた。中村でもいたらちゃんと作って、食べたらきっとお腹が空いていたことを思い出すんだろうけど。ひとりだとどうしても億劫《おっくう》な気持ちが消えない。本当はこういうひとりで過ごす日こそ何かを作るのに最適なのだろうけれど。お茶でもいれようと立ちあがると体がきしむ。大きくのびをして深呼吸。ついでに部屋の空気を入れ換えたくて窓を開けると、思っていたよりも暖かい空気とともにやわらかな音が部屋に流れ込んできた。

朝からどんよりとした雲が広がってはいたけれど、いつの間にか雨が降り出していた。地面やベランダの鉄柵《てっさく》に折り重なっていく雨音が心地よくてベランダに出てみる。うすい灰色の雨雲が幾重《いくえ》にも重なった空からこぼれた雨に道路も街路樹もベランダの手すりも濡れはじめ徐々《じょじょ》に色が変わっていく。僕がいるベランダの床もあと少しで濡れはじめるだろう。冬空は夏よりも色数が少ないからこそ灰色と言い切ってしまっていいのかわからない。そもそも、冬の空の色が乏しく見えること自体が僕の知識不足で、言葉で表現しきれないだけなのかもしれない。知らないことがたくさんある。知りたいという気持ちは大切にしたい。どうやってつかめるのかわからない。だけど、どこかにあるかもしれないものをつかむためには僕にやれることをひとつずつやっていくしかない。そうして雨が本降りになるまで、黙って雨を眺めていた。

雨は翌日もやまなかった。

学校に着き、練習場所の部屋の扉をおそるおそる開ける。

「松本さん?」

隙間からそっとのぞきこんだ僕を築山さんが笑って迎えてくれる。

「なんでこそっと入ってくるんですか」

「えっと、邪魔じゃないかと」

「早く来ないかなぁって待ってましたよ」

すでに3人は集まっていて、必要な調理道具もきちんと並べられている。簗山さんがリードして準備してくれたようで、正直、僕よりずっと手際が良さそうだ。まずは昨日調べた情報をまとめたレジュメを配る。

「うわ〜。すごいきれいにレシピまとめてくれたんですね。助かります！　ビリヤニってこんなにたくさんあるんだぁ」

簗山さんはレジュメから目を離さずに感心したようにうなずき続けてくれる。

「アルブハラってどんなスパイスですか？」

岸本さんがかすかに眉間に力をいれて首をかしげる。悩ましげな表情すら格好良くて、素材の良さがすごいなぁ、としみじみと思う。

「ビリヤニにいれると甘みがでるってきいたので」

「甘み。なるほど。使ってみたくなりますね」

誰かに見られているという視線を感じて横を見ると井上さんだった。ぺこり、と小さくおじぎをされた。嫌われてはいないようでほっとする。

まとめていったビリヤニ情報は概《おおむ》ね好評で3人とも喜んでくれたようだった。

「良かった。じゃあ、今日からこのレシピを使って何度もつくってみようよ。3人の役割は決まってるんでしたっけ？　特になければ色んな作業をローテーションしていくと勉強になると思います」

僕が用意したレシピは皆がつくっていたビリヤニをもう少しシンプルに作れるようにしたものだった。ある程度標準的な味わいで、オリジナルという意味では少し弱いかもしれない。だけど、副菜を添えることで見栄えを工夫できる。この内容であれば何度か練習することで十分に人に振る舞うことができる状態にまで持って行けるはずだ。

僕の資料に喜んでくれていた岸本さんと井上さんの空気がわずかにかわる。

井上さんが、あ……、と言って、口ごもる。閉じた窓の向こうから大通りの喧噪が聞こえる。

「えっと。ごめんなさい。もし何かリクエストがあれば……」

「あ、いえ、すごくシンプルだなっと思っただけなので」

岸本さんがそう言うと、井上さんもうなずいた。

本当に大丈夫なのだろうか。気にしすぎなのだろうか。もどかしい気持ちはあるのだけど、どう踏み込んでいいのかわからず、声をかけられない。

「私は、好きです。このレシピ」

きっぱりとした声が響く。

築山さんは僕のレシピのひとつひとつを、丁寧《ていねい》に拾うように目で追いながら「好きです」と微笑んだ。届いたと思った。レシピに込めた気持ちを言ってしまおう。そう浮き立った僕の目の前で、「でも……」とあきらかに何かを飲み込んだ声で築山さんはつぶやいた。その表情の落差に僕が戸惑っている間に、築山さんは微《かす》かにみせた表情をくるりとしまい込み、顔をあげたときにはにっこりと明るい笑顔が準備されていた。

「よし、やってみよう！　はい、じゃあ岸本さんと井上さん準備開始！」

レシピをじっと見つめていた井上さんが顔を上げる。

「……あの、ご飯、ずいぶん変わりますか？　その……種類によって」

（おぉ）

（井上さんが）

（ちゃんと聞こえる）

僕と築山さんと岸本さんの心の声がはもる中、井上さんはこれまでで一番大きな声で話しかけてくれた。レシピのことはいったん置いておきたくなるくらい、その声がうれしくて、僕は必死でうなずきかえす。

「うんうんうん。確かに、インド米と日本米だと変わると思います」

「日本米……。そうです……よね」

井上さんはうなずいてはくれたけど、どことなくまだ迷いがある。

「大丈夫そうかな？」

細かなところまで一度に全部ビリヤニの作り方をマスターするのはなかなか難しい。たずねた僕に3人は互いの様子をみるように視線を交わし合ってから、黙ってうなずいた。

なんとも言えない空気が僕の周囲に這《は》うように漂っているような気がした。どうしていいのかわからない。もう一度だけ、たずねてみる。

「じゃあ……。今日からこれで進めようか？」

所在なげな僕の声は必死でこたえを待つ。

「はーい！」

築山さんが返事をして、「さーて準備準備」と肩をまわしながら調理器具を取り出しはじめる。井上さんと岸本さんもレシピを確かめながらひとつひとつ食材の準備をし始める。

僕は部屋にこもっているもやもやとした空気を入れ替えたくて少し窓を開ける。

「松本さん」

「わっ」

背後からささやかれて飛び上がった僕を楽しげに笑うのは築山さんだった。

「ごめんなさ〜い。いきなり。あのね、ひとつだけ松本さんのお店のこと知りたくて」

「どうぞどうぞ」

築山さんは、えへへ、と笑いながら言った。

「お店ってふたりで経営しているんですよね？　どっちがどんな風に料理するとかどうやって決めてるんですか？」

「あぁ」

同じことは何度かきかれたことがある。ビリヤニから離れた質問でほっとした。

「僕しか料理はしないんです」

「松本さんだけ？」

築山さんが目を丸くする。僕も目を丸くする。そんなに意外だったのだろうか。……つまり、そんなに僕の料理は下手そうにみえるのだろうか。そんな想いが僕からしみ出たのを感じ取ったのか、築山さんは慌てたように明るい声を出す。

「あ、いえいえ、その、凄いなって思って。じゃ、岸本さんと井上さんの手伝いしてきます」

どうしても何かがすれ違っていく気配がした。


その日の夕方。僕はひとり教室に残って悩んでいた。

ビリヤニ作りは思うようには進まなかった。3人の調理分担は特に決めていないようだったから皆が各工程を経験できるように前回とは違う担当にしてもらった。だけど、どうにも上手くいかなかった。岸本さんが担当した米の湯取りがおわっても、ビリヤニの味の基本となるグレービーソースはまだ仕上がっておらず、慌てた井上さんはスパイスを入れ忘れ、気づいて途中でいれたときはスパイスは2倍の量が計量されていた。そして、築山さんは洗い物に夢中でほとんど鍋に向き合えていない。

できあがったビリヤニは、なんとも言えないものだった。

どれもちょっとしたミスだった。ささやかな組み合わせの悪さが積み重なって、だけどその積み重ねはとても大きくて、僕たち4人は曖昧《あいまい》な笑いを浮かべて各自のノルマを食べきった。

「何が違うんだろう」

前回3人が作ってくれたビリヤニには何かがあった。具体的に測れないような魅力。偶然なのだろうか。僕が参加したこととは関係ないかもしれない。そう思おうとしたけれど、どうしても不安が膨らんでしまう。

片付けたばかりの調理器具を並べだす。やっぱり自分で手を動かしてみないとわからないことがある。店のキッチンが使えないから、ここを借りて調理する。臨時とはいえ職員扱いなので、練習につかっていいそうだ。

フライパンを揺らす。炒めた玉ねぎの脱水が進み、香ばしい匂いがしてきた。水分を加えながら鍋の端からしっかりとへらを動かす。表面に照りが出てきたところにヨーグルト。酸味を飛ばしてグレービーになじませる。鶏肉を投入。鶏の水分が出て蒸気が漂ってきた。

うん、薫りは悪くない。弱火にして少し待つ。スパイスを投入して軽く蓋をする。香ばしさが漂ってきて、食欲をそそる。玉ねぎを鍋からひとつかみして食べてみる。甘く香ばしい。悪くない。辛みが足りないかなと思いガラムマサラを追加。油をゆらして薫りを定着させる。煮詰めてグレービーソースにする。ここまでは普段カレーを作る手順とそう大きな違いはない。問題はここからだ。

気合いを入れ直そうと体を伸ばして顔をあげる。かすかに開けたままだった出入り口の扉の隙間が偶然目に入る。うす暗い廊下。ぼんやりと白い影がゆれる。夜の学校に出て来る見てはいけない存在……なんているわけないよね、と自分を騙《だま》して見なかったふりをして、視線をずらす。……自分を騙しきれない。どうしても視線を戻してしまう。いる。なんかいる。白い影と目があった、ような気がする。とたんに影がゆらりと動いた。

「え……？」

人って恐怖を感じると声も出ないし体も動かないということを実感した。

白い指が扉にかかり、ずるり、と鈍い音を立てて扉をひく。

おわった……。

と、何かをあきらめた途端、あらわれたのは知った顔だった。

「い、い、井上さん……」

知り合ったばかりの人の顔をみて、こんなにほっとすることもない。へなへなと椅子に座り込んでしまう。

「ど、どうしたの？」

「……あの、忘れ物」

井上さんの視線の先を追うと、調理台の片隅に1冊のノートが置いたままだった。慌てて立ちあがり、彼女に渡してあげる。

「ごめん。全然気づかなかった」

「いえ……。……」

何か言いたげな顔のまま井上さんは動かない。そして、ゆっくりと右手の人差し指を、僕が作業中の鍋に向ける。

「あぁ。ちょっと試作してて」

少し考えて、僕はダメもとで尋ねてみた。

「よかったら、ちょっと手伝ってくれない？」

井上さんの顔がぱっと明るくなった。

ずいぶん前に、僕も坂下さんの作業を手伝ったことがある。あのときと立場は違うけれど、誰かと一緒に手を動かして調理するのは、まだそこに次の道があったのかと気づくきっかけをもらえる。

鍋に水を追加して煮立てている間に、米の作業にうつる。ご飯にスパイスをいれて炊くという技が紹介されていたから、部屋に転がっていたチャイミックスと炊いてみようと思う。

「それ……、ビリヤニ用ですか？」

「いや、違うと思う。でも、案外上手くいくもんだよ」

「あ……、あの。せっかくなのでお米はもう少し浸水させるのはどうでしょうっ？」

井上さんは振り絞《しぼ》るようにそう言った。真剣な目で僕をみてくる。

「その……、冬だと水が冷たいのでぬるめのお湯を使うと良いとあったのをみて。……前回、失敗したので調べたんです。それくらい、やっぱり浸水しにくいんだなって」

米の浸水時間もいくつかの本を参考にしたけれど、結局、紹介されている手法はばらばらだった。たしかに季節によって浸水の加減はかわる。米の色が白く変わる程度浸水させてはみたけれど、普段は炊飯器をつかっているから正直自信がなかった。先ほどまで感じていたずれが少し直った気がした。

「ありがとう」

茹《ゆ》でた米をざるにあげ、薫りをためす。かすかにカルダモンの薫りがしたような気はするけれど、なんとも言えない。

「じゃあ、そっち押さえてもらえる？　熱くない？」

「大丈夫です」

水を切った米をグレービーソースの入った鍋にそっとうつす。ショウガ、フライドオニオン、サフランを加えて蓋をして強火で煮込む。蒸気が噴き出してきた。弱火にしてゆっくりと待つ。頃合いを見て蓋をとる。

「おぉ～」

割に大きな声が出てしまう。

「すごい」

井上さんの声も明るい。

しゃもじでひと混ぜ。湯気が薫る。バスマティライスは明らかにさっき皆で作ったときよりもピシッと立ちあがっている。水分が適切で蒸気がうまく通り抜けたのだろう。井上さんのアドバイスのおかげだ。しゃもじでもうひと混ぜ。グレービーソースとほどよく混じる。まずはひと皿に盛る。サフランの黄金色とグレービーソースの艶《つや》。ふたつがご飯の上にとけあった彩りは悪くない。

「……まだ食べられる?」

「食べたいですっ」

井上さんの分も取り分けて、席に着く。フレッシュコリアンダーと、つくっておいたライタというヨーグルトソースをかける。一口食べた井上さんがにっこりと微笑んだ。うっとりと、目尻を下げて。米ひとつぶの隅々《すみずみ》まで堪能すると楽しむようにゆっくりと咀嚼《そしゃく》する。ふっくらとした米をそっとすくう。やわらかに米は井上さんの口に運ばれる。ぱくりとまた一口。見ているだけの僕もほんのり温かくなるような幸せそうな笑みを浮かべる。

「おいしい」

井上さんの声に押されて僕も一口。スパイスと一緒に炊き込んだ効果があるのかご飯はふわりと軽くさっぱりとしている。バスマティライスの薫りが鼻に抜けていく。そこに染み込んだグレービーソースの味わいが口に広がる。凝縮《ぎょうしゅく》されたソースからは甘味と塩味、そしてスパイス。クミンを少し多めにいれたからまずは奥深いすっきりした薫り。それからクローブのかすかな苦みがまじったふくよかな甘さ。あとを引くスパイスたちの風味を楽しんでいると、ふいに温かさを感じた。お腹の中がじわりと温まる。今日一日の疲れというかままならなさ、そのことを忘れさせてくれるほど体が温まってきた。これはふらりと気ままに作って食べるのが楽しみになる味わいだ。僕がイメージしていたビリヤニの形に近い。

だからこそ、どうして先ほどみんなで作ったときはうまく行かなかったのか気になる。おいしそうに食べてくれている井上さんに、おずおずと尋ねる。

「おいしい、ですよね？　違いはやっぱり吸水かなぁ」

「……い」

「ん？」

岸本さん並の能力が僕にあればどんな声でもひろってあげられるのに、と申し訳ない気持ちで聞き返す。

「ごめんなさい」

ぽつり、と井上さんが言った。

「……。わたし……、さっき作ったとき、自分の作業に集中できなくて」

「わたし……」

井上さんがまっすぐに僕を見た。それから、教えてくれた。

「はじめてビリヤニを食べたとき、本当に綺麗だなって思ったんです。それからずっと、すごいんです。炊き上がった瞬間のつやなんて宝石どころの騒ぎじゃないくらい美しくて、尊くて。どうやったらおいしく炊けるか考えるのが楽しいんです」

はふぅ、とどこか楽しげに井上さんはため息をつく。

「ビリヤニと素敵な出会い方したんだね」

新しいものに出会い、好きになり、その気持ちを持ち続ける。それは簡単なようでとても難しい。きっと出会ったその瞬間を大事にして井上さんが温めてきたのだろうと思った。井上さんが楽しそうにしているのを見るのが嬉しい。

「素敵……」

僕の言葉を井上さんは口の中で何度か繰り返す。そして、こくん、とうなずいた。

「はじめてビリヤニに出会ったのは祖父の葬儀のときだったんです」

反射的に反省しそうになった。軽々しい言葉で井上さんの経験をまとめてしまったのではないかと。だけど、井上さんは僕の言葉を気にとめる素振《そぶ》りは見せずに夜がすっかり広がった窓の向こうに視線をやる。窓ガラスに反射する部屋の灯りがどこか遠い場所の影のようにゆらめいて見えた。

「祖父が亡くなったとき、わたし、ご飯が食べられなくなったんです」

遠い灯りをみるように井上さんは目を細める。井上さんに見えていること、話そうとしていることに、指先だけでも届くように僕は一生懸命彼女の言葉を追っていく。

「おじいちゃんはいつも元気で、病気なんてほとんどしたことがなくて、亡くなる3日前に実家に帰ったときもいつも通りに元気で、駅まで送ってくれて。電車が丁度《ちょうど》来ていたから、挨拶もそこそこに、じゃあまたね、って手をふって別れて。それっきり。お母さんから電話があったとき、何を言われたのかわからなかったんです」

切れ切れに話す井上さん。スプーンを握る手に力がこもる。

「バタバタと進んでいく現実に体がついていかなくて。何かを食べたいなんて思えなくて。……火葬場で、親戚が集まって色んなことを話していて、泣いたりしている人もいて、その人たちに比べるとわたしは皆と思い出を交わし合ってもいないし泣いてないし、おじいちゃんのこと好きだったはずなのに。好きってなんだろうってわからなくなってきて、その場所にいたくなくて、ふらっと散歩に出たんです」

井上さんは地図を描くように左手を空にかかげる。

「火葬場の、少し先に一軒だけ飲食店があったんです。インド料理屋さん。春のはじまりでまだ肌寒くて、なにも食べられる気はしなかったんですけど、お茶だけでも飲めないかと思って入ったんです。そうしたら丁度、ビリヤニが炊き上がった瞬間だったんです」

井上さんが語ってくれる景色が僕にも見えるような気がしてきた。

しゃもじで一切りしてすくうときのご飯が白と黄金色で。いわゆる炊き込みご飯と違う模様のあるグラデーションがすごく綺麗で、それに一粒一粒がふわりと気持ちよさげにのびていて。とても凜々《りり》しかったです。思わず注文してしまったそのビリヤニは、

「本当においしくて。少しも派手じゃないんですけど、ずっとご飯を食べられなかったのにするっと体になじんでくれて。一口食べて気づいたんですけど、わたしは怖かったんだなって。おじいちゃんが急にいなくなって、自分の一部がかけたみたいで、こういうことが続いたらわたしはいなくなっちゃうんじゃないかって。でも、体にしみ込んでいくおいしさを実感したら、わたしの毎日はまだまだ続くんだなって思って」

井上さんは目を閉じる。そしてつぶやいた。

「だから、そういうビリヤニを炊いてみたいと思ったんです」

ひとくくりでビリヤニといっても地域や作り手によって色んな呼び名や種類がある。ビ

リヤニを短期間で定義することは難しい。そうとわかったから代表的な選択肢をつくりやすくまとめて提案した。そうやって選んで決めるしかないと思ってしまった。

ビリヤニを好きだ知りたいと思う理由もそれぞれだ、という当たり前のことにまったく気づいていなかった。

「それで……。わたし、岸本さんがお米をあらったり湯がいたりしている手順が気になってしまって」

「気になった？」

僕も確認していたけれど、それほどおかしなことはなかった。

「いつも通りじゃなかった？」

僕の問いかけに井上さんは小さくうなずく。

「……いつも通りだったんです。でも、今日のお米はいつものと違ってました」

指摘されて思い出す。バスマティライスは事務室に置かれている物を利用していいことになっている。僕が受け取りにいったとき、言われた。「今日のは種類が違うけど大丈夫ですか？」と。日本米にはいくつもの種類やブランドがある。米の艶、甘さ、硬さ、幾通りの好みにあわせたものを選ぶことができる。それと同じように、バスマティライスにも種類がある。この前までの米は比較的硬い品種だったけれど、今日使った米はより柔らかなものだった。いつも通りにつくっても洗い方や水分量で大分食感が変わってしまう。そういうことが僕が大量に読み込んだ本の中にも書いてあったのに。知識を経験に結びつけることができていない。

「うわぁ～……」

思わずもれた僕の泣き言に反応した井上さんは、慌てたように頭を下げる。

「ごめんなさい。わたしが、気になって集中できなくて……。それで……。……ちゃんと伝えれば良かったのに」

「ありがとう」

かたくなに「そんなわけない」というように首を横にふる井上さんに、僕はもう一度繰り返す。

「ありがとう。本当だよ。井上さんのおかげでなんで上手くいかなかったかわかった。また色々教えてください」

井上さんが教えてくれたことを次に生かせるかは僕次第だ。

次こそ、みんなでおいしく食べたい。

インド編③〜ガンジスの歌と秘密の想い〜

「ナカムラ、チェックアウトなのにまだ起きてこない人いるのよ」「はいはーい。部屋の掃除《そうじ》すっから皆さんいったん外出てねー」「ナカムラ、どれが誰の荷物かわかんなくなっちゃった」「はいはーい。俺が部屋に荷物運んでおきますよー」

ナカムラが来て3日目。

もう我が家の経営するゲストハウスの優秀な働き手として、めきめき頭角をあらわしまくってる。ナカムラは、あたしが想像していたよりもずっとすばやく我が家になじんでいた。

ナカムラが来た初日の夕方、おばあちゃんがご近所や観光客の皆様にビラを配り歩くのをぎりぎりとめて家に連れ戻し、改めてナカムラを迎えるために家族全員が玄関前に集まった。

「あなたがほんとのナカムラですか」

最初におばあちゃんがそう口を開いたとき、あたしは少々緊張した。あのシカノに対してもおばあちゃんはそう簡単に心を開くことなく、新参者はどんなもんなのか見抜いてやろうじゃないかという気合いをぶつけていた。別におばあちゃんの心を解きほぐすことが必須《ひっす》なわけじゃないけれど、ここで暮らすことへの影響は少々ある。おばあちゃんはこの街でずっとゲストハウスを経営していて、街のことはなんでも知っている。お父さんがスパイス会社を立ち上げるときも、方々をまわって色んなお膳立《ぜんだ》てをしてくれた。つまり、ナカムラがこの街で美味しいものに出会いたいなら、あたしなんかよりおばあちゃんの方がずっとすごい情報を持っているということ。

「中村です。よろしくお願いします！」

ナカムラはにっこり笑ってそう言うと、深々と頭を下げる。すぐにぱっと頭を戻すとつけ加えた。

「写真のやつより俺のがイケメンで驚かせてすみません」

本気で申し訳ないと思っている表情だ。

ナカムラのハートはあたしが想像していたより本当にずっとずっと強いことを、あたしは知った。

おばあちゃんはじっと無表情にナカムラを見つめたまま何も言わない。痩《や》せて年代の割に背が高く、無愛想にも見える顔立ちだから、不機嫌に見えてしまうおばあちゃんだけど、たぶん、今はただ困ってる。純粋に返事に困っている。お母さんも叔母さんも首をかしげたまま何も言わない。あたしはなんか訳もなくまた恥ずかしくなって、庭を見わたした。お父さんが草刈りをさぼっているから庭の端には茂みができている。その茂みが、動いた。白いものが動く。にゃー。

「キャラメル!? おばあちゃん、キャラメル!」

キャラメルはおばあちゃんの可愛がっている白ネコ。キャラメルという愛らしい名前と裏腹にここいら一帯のネコのボスとして君臨している大変貫禄《かんろく》のある巨漢のネコ様なのだ。1週間ほど見かけないからどうしているのかと思っていた。キャラメルは茂みから顔を出し、むみゃ~、とひと声。そして、ぱっとあたしたちに向かって走り出した。

「キャラメル! おやぁ、無事で良かった。ほらおいで」

一瞬にして無表情をかなぐり捨てて相好《そうごう》を限界まで崩したおばあちゃんは身をかがめて手を広げる。あぁ、感動の再会。と思ったら、キャラメルはくるりと向きを変え、なんとナカムラの手の中に飛び込んだ。

「うぉ。なんかなつっこいネコですね。よーしよーし」

「えっ……キャラメルがなつくなんて」

「あのキャラメルが……」

お母さんと叔母さんは驚きを隠せない。そう。我が家ではおばあちゃん以外触れることはいまだかなわない。それなのにナカムラの肩に頭を預けてニャーゴロ鳴いている。

「いや、まぁ、俺がイケメンなのネコにも伝わるんですよ。うぉ、くすぐったい。……重いな」

ナカムラは懐かれて当然だと言うようにキャラメルをなで回す。

おばあちゃんはゆっくりとナカムラに向き直り、

「キャラメルが認めるんなら、あなたは私たちの家族よ」

にこやかな顔でつげた。

「おぉ～。おばあちゃんがこんなに早く認めるなんて」

「すごい。最短記録更新よ」

「いや～、まじですか。俺、白ネコとは相性いいんですよ」

お母さんと叔母さんは感動したように目をうるませて拍手《はくしゅ》までしているけど、あたしはこれからの生活に一抹《いちまつ》の不安を覚えていた。

「よろしくねぇ」

ネコをなでるような声で言い、完璧な微笑みを浮かべているおばあちゃん。だけど、あたしからしか見えない角度で背中に回された左手は頑丈《がんじょう》そうな握り拳《こぶし》をつくりあげ、ぷるぷると震えている。キャラメルったら罪作りなネコ……。押し殺せない凶暴な気配に気付いたのか、キャラメルがナカムラの腕の中でもぞもぞ動いておばあちゃんを見上げる。そして心底眠たそうに大きな欠伸《あくび》をした。

こうしてナカムラは家族と認められたのだった。

お客さんの部屋を掃除して、洗ったシーツをぱんっと庭に干したナカムラはいかにもいい働きをしたという顔で汗をぬぐう。良い働き手が入ってあたしも大満足。

あれ？　ナカムラって何しに来たんだっけ？

「俺もよくわかってないんだけどさ、鹿野さんからは新しいスパイスセット作るからそれを手伝えって言われてきたんだけど」

ということはお父さんの仕事か。

お父さんはスパイス・マサラを調合し、シカノが来たらそれを味わいながらしみじみお酒を飲んで、たまにパッケージの話をして、あとは大抵お酒を飲んでいる。つまりナカムラはシカノに代わる飲み相手。いいね、あたしもグビッと行きたい。ん？　そういえば。

「ナカムラってお父さんに会った？」

「……ん？　そういやまだ会ってないな」

お父さんのことすっかり忘れてた。

朝ご飯の時間が過ぎると我が家は段々と静かになる。朝10時頃までは食堂や中庭にお客さんたちの話し声が満ちているけど、ひとりふたりと、チェックアウトしたり観光にでかけたりと声は減っていく。お母さんと叔母さん、おばあちゃんも買い出しや近所の家に遊びに行ってしまう。眠ったような家の中を歩くのはあたしとナカムラだけ。廊下を歩くあたしたちのたてる音が響く。窓からカーテンをすかして差し込む陽射しが光の筋を作る。ほとんどの部屋が閉ざされているこの時間だけど、廊下の一番奥の小さな扉だけわずかに開いている。ドアには小さなプレートがついている。アンジェリー・スパイス。お父さんの経営する小さなスパイス会社の小さな小さな本拠地《ほんきょち》だ。

「お父さーん。いるー？」

ドアを開けると部屋にはたくさんの物が並んでいるのが見える。まずはパッケージングされた色とりどりのスパイス、ショップカード、ミキサー、ビーカー、英語や日本語の雑誌、つぶれかけたバレーボール、ケースに入ったギターなどあらゆるものが置かれて積み上げられている。

壁にはどれだけ時間が積もっているのかわからないくらいに古いポスター、レコード、CDが飾られている。いくつかは日に焼けて文字が読めなくなっている。それでも、お父さんがときおり嬉しそうに眺めているのをみると、これらのものはまだ生きているんだなと思う。

あたしにはわからない重要な意味をひとつひとつのガラクタ（おっと失礼）が持っているらしくて、その秘密を知りたくなるときがある。お父さんはいくらでも触らせてくれるしきいたら教えてくれる。あたしも夢中になって探検に勤《いそ》しむ。だけど、ときどきお父さんは、この部屋にいながら心のどこかが遠くに行ってしまうことがあり、そういうときは寂しくなると同時にうらやましくなる。お父さんの故郷はこの部屋につまっている。忘れることはきっとない。

あたしにはまだそういう場所がない。

「ナカムラ、足元気をつけて」

床の上にも謎の書類が山積みされたりすでに床にばらまかれたりしていて、部屋に足を踏み入れるときは注意しないといけない。

「この書類の山を崩したら戻すの大変だしな」

ナカムラが訳知り顔でうなずいて慎重に足を進めるが、別にそういう意味で気をつける必要はない。

「違うの。なんで気をつけた方がいいかって言うと」

あたしはその辺に落ちていたスキーのスティックを拾い上げ、床の上に広がる盛り上がった紙山の一群をそっとつつく。刺激を受けた紙の山がうごめく。

「おいおい。巨大化したキャラメルが寝てんの？」

ちょっと近い。

だけど、キャラメルではない。

ぼふっと紙の山が盛り上がる。

「うおっ!?」

ナカムラが一歩退く。そりゃ驚くよね。

まあ、あたしはいつものことだから慣れている。

「おはようお父さん」

「お父さん!?」

ぼすっ。ようやく紙山から頭の先端を出してきた。出てきたのはぼさぼさ髪。顔はまだ見えない。覚醒《かくせい》するまでもう少し時間がかかりそうだけど、とりあえずナカムラの紹介を進める。

「んー？」

「お父さん、ナカムラ来たよー。シカノの代わり」

ぼっすん。あたしの声に反応して、とうとう顔が出て来た。丸い眼鏡をかけ直してこちらが誰か思い出そうとする顔つきだ。迷惑そうにも見える。ここ3、4日姿を見ていなかったから、どうせ調理器具の試作品を作ったり、スパイスの調合を考えてこの部屋にこもっていたのだろう。お父さんは仕事に没頭《ぼっとう》するとこの部屋にこもる。そして、布団の代わりに紙類を掛《か》けて寝る。考え中のアイディアを書きだしておくと夢の中でも続きを考えられるそうだ。何より通気性が大変よろしいとのこと。

「ん？　あぁアンジェリーか」

そう言いながらお父さんは頭に貼り付いたままだった布団代わりの書類を払い落とし、

ようやくナカムラに目をとめた。

「あぁ。いらっしゃーい」

まず書類の束《たば》から仕事相手が顔を出しているという状況になれるのには時間がかかるだろうと思っていたのに、さすがナカムラ。信じられないほどあっさりと動揺を乗り越えた。

「はじめまして。中村です。ちなみに俺の憧れはスパイスの中で寝ることです」

「おぉ！」

お父さんは嬉しそうな声をあげると、ごろりと床の上でころがって紙束から外に出る。ぼさぼさの髪の毛をなぜかさらにぐしゃぐしゃにかき回して、大きく欠伸をしてからお父さんはちょっと自慢げに笑った。

「私も色々試してきましたけどね。スパイスだけはやめた方がいい」

全然自慢の種にもならないんじゃない？　と首をかしげたあたしの隣でナカムラは声を弾ませる。

「すげぇ」

ナカムラったら気をつかって無理矢理なお世辞《せじ》をふりまいちゃって、と思ったらあこがれがにじみ出た表情で目を輝かせている。

「ふふ」

お父さんは自慢げに胸を張る。

まったくわけがわからないけど、どうやら意《い》気《き》投合《とうごう》したみたい。

　お父さんの小部屋の右奥にはもうひとつ重要な部屋がある。専用のキッチンだ。部屋に入って右手と奥の壁は一面棚になっていて上3段はぎっしりと瓶に入ったスパイスが並んでいる。フェネグリーク、タマリンド、タイム、オレガノ、サフラン、シナモン、メースにパプリカ、オニオン、ガーリック、クミン、アニス、キャラウェイ、マスタードシード、カルダモン、そしてチリ、ターメリック。まだまだ数え切れないほどのスパイスが置かれていて、色とりどりにつやめいている。それほど料理が得意ではないあたしにとってはスパイスがなんでこんなに必要なのかわからないこともあるけど、新しいスパイスの調合でつくられた料理を食べたときにはいつも納得する。

　たくさんのスパイスたちはこの料理のための新しい扉をあけるためにじっと待っていたのかって。

　スパイス棚の下にはお父さんが集めたたくさんの調理器具。ホールスパイスを潰《つぶ》すのに使うオクリは真鍮《しんちゅう》製、アルミ製、陶器製とそれぞれいくつも並んでいる。それからチャパティといううすいパンを焼くときに使うプレス機、平鍋、ターリー皿。タジン、ホーロー、土鍋に大同電鍋《タートンディエングォ》まである。そのほかにも大小の皿や色とりどりのグラスたち。お父さんが世界の色んな国から集めてきた調理器具や食器が並んでいる。なかなか使われる出番が回ってこないものも、きちんと磨《みが》かれ置かれた場所にどうどうと収まっている。

そしてキッチンの真ん中には木製の大きなテーブル。真っ白いテーブルクロスがかけてあり、その上に今日はシャーレに入った何種類ものターメリックが並べられていた。そのせいかキッチンはどことなく森の中みたいな気配がする。インドではなくて、もっと遠い場所の、緑が濃くて黒い湿った土が靴をふわりと受け止めるような森。

「こんなに違う種類のターメリックが並んでると圧巻だな。これ全部商品なんですか？」

ナカムラはひとつひとつを手に取って、薫りだけではなくて光の角度による色の違いを楽しむように角度を変えながら眺めていく。ホワイトイエロー、ゴールドイエロー、レモンイエロー。ナカムラの指先でシャーレの中のターメリックがさらりとゆれる。おばあちゃんの持つたくさんの更紗《さらさ》が風にたなびく様子を思い出させる。

「いーえ。ただの私の趣味です」

「お父さん、先月はクミンを何種類もこうやって並べていたよね」

「そりゃすごい」

「……それでですね、ナカムラさんに手伝っていただきたいのはこちらです」

お父さんはなぜかそっと声をひそめて調理台を指さす。そこには長い時間をかけてここにやってきたような年季《ねんき》の入った大きな鍋があった。換気《かんき》用の小さな窓から差し込む陽射しが、やわらかにその鍋を照らしている。

「……お父さん、これ」

「あぁ、デーグ、まあビリヤニ鍋だね」

それにしてもずいぶんと年季のはいった鍋だった。こんなのあったかなと首をかしげるあたしの隣でお父さんが自慢げに話し出す。

「知り合いのレストランのオーナーが格安で譲ってくれたんです。ほら見てくださいよ、このあたりの焦げやへこみ。新品では持っていない味わいを、歴史を、作り手の思いを。全部ここに詰まっているんですよ。いやぁ、良い物を買ったなぁ」

「やっぱりまた買ったの!?　この前おばあちゃんに叱られたばかりなのにぃ」

「……。つまりですね、せっかくなので、これでビリヤニを炊いてみながらビリヤニマサラを試作したいと思っているんです。調合は大体決めているのでお味についてコメントいただければ。あとはパッケージデザイン案ですね。シカノに話したら日本でも発売してくれるというので。なんかこう日本らしい味わいがほしいところなのです」

お父さんはいったんあたしがここにいることを忘れることにしたらしい。ナカムラは調理台の鍋を覗き込んだり触ったりしながら声をはずませる。

「うわ、すげぇ楽しくなってきた。スパイスいくらでも食べますよ」

「あぁ頼みます。あと、ビリヤニ試作をしたいのでこっちも手伝ってください」

そのとき、ナカムラの顔に浮かんでいた笑顔がふっとうすれた。消えてしまう瞬間にようやくぱっと灯《とも》りなおす。電池が切れたおもちゃを無理矢理たたいて動かしたみたいな表情。目を離せなかった。

「いやぁ、すんません。俺、料理全然なんですよ」

「あぁそうですか。いえいえ構いません。シカノは料理できるくせに飲んだくれているだけなのでそもそも頼んでませんし」

「試食はまかせてくださいっ」

ナカムラはすっかり普段通りに様子を戻してきてあふれるような笑顔をうかべる。でも、さっきの表情の名残は奥の方に染みこんでしまっただけで注意深く見たらすぐにみつかる。

あたしはどうしたってみつけてしまう。

それは、あたしもきっと同じ顔をしているときがあるから。

何も気づいていない様子のお父さんは髪の毛をくしゃくしゃにかきむしりながら、楽しくて仕方がないというように話し続ける。

「むしろ食べてくれる人がうちには少ないのですよ。いや、食べても語ってくれないというのかな。みな逃げるようにこの部屋を出て行く。スパイスの特徴や薫りを吟味して配分《はいぶん》する。できあがる料理にどんな色や風味を添えられるのか、今回はどのスパイスが主役になるのか脇として支えるのか、そういう話し合いをスパイスたちと夜通し語りつづけ、励まし合い、最善の状態に整え、彼らをもっとも輝かせるパッケージという衣装を選んであげるのが私の使命なのです。その過程でスパイスたちの仕上がりを客観的にみてもらいたくて家族に試してもらうのですがね、みんな忙しいと言って嫌がるのですよ。誰も私につきあってくれようとしない。ひとつのマサラにつき、人生のうちのたった数日を私に預けてくれたっていいじゃないかと思うのですがね。つきあってくれるのはシカノだけです」

「お父さん。鹿野さんにできて俺にできないことはないですよ。やってやりましょう」

「ナカムラさんっ」

お父さんは感動したようにナカムラの肩を抱く。あたしは色々言いたいことがありすぎてどうしようか悩んでいてまだ口を挟めない。でも、お父さんのマサラ作成に付き合いははじめたらきっとナカムラはこの部屋から一歩も出してもらえないのは間違いない。あのシカノですらふらふらになっていたのをあたしは知っている。ん？　……だからシカノ来るのやめたんじゃやない？

「じゃあさっそくちょっと試してもらおうかな。とりあえずマッシュポテトにスパイスかけてみよ」

「いくらでもいきますよ」

ナカムラは袖《そで》をまくりあげる。お父さんはにんまりと微笑む。

あぁ、まずいあの笑顔が出たらもうだめだ。

「ちょっと待って！」

いつになくきりっとしたあたしの声に、いそいそとスパイスを準備しだしていたお父さんがぴくりと手をとめる。

「その前に話したほうがいいと思う」

「え、あ、もしかしてこのサフラン買ったのばれたかい？　いや、別にお金は盗んだわけじゃないんだよ？　おばあちゃんに食材の買い出しを頼まれたときにちょっと、ちょっとね」

なんかいきなり自白した。

あたしが話したい秘密とは全然違う。

わざわざポケットからサフランの入った袋という証拠品まで提出してきた。

「おばあちゃんには秘密にしてください」

おばあちゃんには鍋の件も含めあとで報告しておこう。

とりあえず今は無視だ。

「ナカムラ、明日の朝、ガンガーに行かない？」

いきなりあたしに声をかけられて、ナカムラは目を丸くする。

「俺？　ガンガー？　うん。朝陽の沐浴は見てみたいと思ってた」

「決まり。で、悪いんだけどそれまではお父さんの仕事じゃなくてゲストハウス手伝ってくれない？」

ナカムラはあたしの顔を見つめ、少し不思議そうに首をかしげたが、うん、とうなずいてくれる。

「あぁ、もちろん」

にっと笑ったナカムラは理由をきいてこない。ほっとした。まだ上手く説明できない気がしたし、中途半端に話すことはナカムラのことを傷つけてしまうように思えた。明日にはちゃんと説明する。説明したら、ナカムラをがっかりさせてしまうかもしれない。ナカムラはいつも通りの笑みを浮かべ、「じゃあ、働きに戻りますか〜」と歩き出す。その姿を見て、たとえがっかりさせたとしても、あたしは真実をちゃんと伝えたいと思った。そうしないとナカムラと本当の友人にはなれない。

そんな決意をするあたしを拝《おが》むようにお父さんは繰り返す。

「頼むからおばあちゃんには黙ってなさいね、ね」

どうせあたしが黙っていたっておばあちゃんはきっとすべてお見通しだ。

「明日、ナカムラさんと遊びに行くんだろ？　お小遣いあげようか？」

お小遣い。ナカムラを日本食のお店に案内してあげてもいいかな。焼き鳥、餃子《ぎょうざ》、親子丼。おばあちゃんへの密告は3日ほど延期してあげることにした。

ほとんど真夜中みたいな時間にあたしは寝起きの、というか半分眠ったままのナカムラを引きずるように連れ出してガンガーに向かう。白い月が空に浮かんでいるけれど静かな朝はすでにはじまり出している。あたしたち以外の人影とその人たちを導くような橙色《だいだい》のあかりが揺らめくのが、もやがかかった薄闇の中に見えた。すでに沐浴場には様々な階層の巡礼《じゅんれい》の人たちが続々と集まりはじめている。もう少ししたら集まる人のために商売をはじめる人、生きるために喜捨《きしゃ》を求める人、たくさんの人たちが集まってくる。その人影を抜けてあたしは岸辺に近づく。

「おじさん！」

「待ってたよ」

知り合いのおじさんが舟の舳先《へさき》で明かりをふる。さざ波に揺れるガンガーにその小さな橙色の明かりが反射して、まだ深い夜の色を残した川面を照らす。あたしはナカムラを引きずりながら舟に乗り込んで、ゆっくりと河の真ん中に向かう。夜になじんだ目の前の河は静かにたゆたっている。

「ほら、ナカムラ起きて！」

「起きて……る……」

「ねるなっ！」

日の出まではあともう少し。母なる河ガンガーはあらゆる人々の罪を清めてくれるという。おじさんが舟を漕《こ》ぐ手をとめる。ぱしゃり。すぐそばで生き物がはねる音がした。姿は見えなかった。

「ナカムラ」

「大丈夫。起きてる」

どうやら本当に目を覚ましたらしいナカムラが小さく息をつく。ナカムラは東の空を眺めたまま動かない。しばらくして、ナカムラはぽつりとつぶやいた。

「すごいな」

新しい世界が始まる寸前の深い静けさが訪れていた。白い月はだいぶ西に傾いて、東の空はあわくやわらかな色の層が広がり出す。群青、紫、青、朱、オレンジ。ガンガーにかかり、祈りを捧げ始める人が影のようにみえる。そして。日が昇る。河が煌《きら》めく。歌が聞こえる。朝焼けの光の中で、女性たちが纏《まと》うサリーがはらりと風に舞う。おばあちゃんと同じくらいの年代だろうか。身体を寄せ合って並んで立ち、ゆったりとガンガーの水を纏う。心を静めるかのように目を伏せて、水を浴び、光る水滴を拭《ぬぐ》うことなく朝陽に照らされる世界を見上げる。どこかから流れてくる歌声はどんな言語で歌われているのか聞き取れないほど小さいのに、不思議と日本語にも英語にも聞こえてくる豊かな音色。溶け合っていく。

あたしの隣にいるナカムラが声をあげることも忘れて世界を見つめている。ナカムラの視線の先にいるあの女性たちを少しうらやましいと思ってしまう。サリーなんて面倒くさそうとしか思っていなかったのに、着てみたい、と思った。

　薄もやのかかる空の端から金の光があふれ、太陽がゆったりと顔をだす。柔らかな朝の光は格別だ。岸辺にいる人たちが黄金色の光の中で水につかっていく。小さな男の子を抱きかかえた青いサリーを着た女の人が頭まで水を浴び、気持ちよさそうな笑い声をたてる。彼女の耳でゆれる丸いピアスは陽射しを受けてきらりと輝いていた。

　あたしは祈りを捧げるという習慣はうすい。それでもこの沐浴を眺めているととほうもない気持ちになる。泳ぐ子どもたち、身体を洗う人、洗濯物をすすぐ人もいる。そして、遺体も。人が生まれてから死んでいくまでの全部をこの河は包み込む。よどみの中に飲み込んで流れ続ける。

「ナカムラ、きいてもらいたいことがあるんだ」

　朝陽の中のナカムラはあたしをふり返る。あたしたちの周囲にはまだ夜の暗さがほんのりと残っていたけれど、東の空の光がひとすじ、ナカムラの顔を射す。風がふいた。あたしは自分から湧いてくる言葉を見失わないように覚悟を決めて、話し出す。

　これはあたしの話でもあり、きっとナカムラにもつながる話だと思うから。

　我が家のゲストハウスに来てくれた人たちは、口をそろえて言う。

　素敵な街だね。

　地元の人の家に泊まれてすごく楽しかった。

現地のご飯を食べられて良かったよ。

そう言われるたびにあたしは自分のどこかにあるスイッチを無理矢理切り替えて、笑い返す。

あたしはバラナシのことをなにも知らない。

バラナシどころかインドのこともわからない。

あたしは中学を卒業するまでずっとイギリスにいて、家族でインド料理を食べるよりもパブでフィッシュアンドチップスを味わう方がずっと身近な毎日だったから。

遊びに来てくれた人たちは、あたしのことをバラナシでの暮らしのひとつとみてくれる。だけど、あたしはバラナシの正しい音を返すことができていないと思う。曖昧に笑ってまた来てねと手をふるとき、嘘をついている気分になる。

スパイスはインドとのつながりを感じられる唯一のものかもしれない。イギリスで、おじいちゃんは小さなスパイス屋をやっていた。右隣に電化製品屋、左隣に古着屋、右斜め前はスーパーマーケット。街の通りにいくつもあるような特徴はなにもない店だったけど、スーパーマーケットでは見かけないスパイスや野菜を取り扱っていたからインドの人たちは、懐かしい物を見つけによく来てくれた。広いインドから来た人たちが、イギリスの街の中でおじいちゃんの小さな店をみつける。うっとりした声で故郷の言葉をつぶやきながらスパイスを手にとった。インドの様々な地域から来ていて、言葉も伝統もおじいちゃんと同じというわけではなかった。大抵は英語でおじいちゃんと話していた。お客さんの話を聞きながらおじいちゃんはひとつひとつとスパイスを増やしていった。買ってくれるのはほんの少しの人だけだけど、目当てのスパイスを見つけたその人たちはとても嬉しそうな顔をしていた。

おじいちゃんたちの話をききながら、はるかな故郷に思いを馳《は》せるのがあたしは大好きだった。バラナシにいるおばあちゃんがクリスマスに送ってくれる荷物からは懐かしい匂いがした。おじいちゃんの店のスパイスの薫り。しっとりと冷たいイギリスの冬の朝、あたしはスパイスの薫りのするおばあちゃんの家にいつか行ってみたいと夢見ていた。

さようならはあたしが思っていたよりずっとすぐにきた。

この街に戻ってきて、とても不思議な気がした。はじめてだけど来たことがあるような感覚が浮かんできた。街の薫りはもちろんだけど、とくに音。街の中できこえるたくさんのおしゃべりの声。ゲストハウスの台所からきこえるおばあちゃんの歌声。地名とか人の名前とか。忘れてしまった夢の中できいたような色んな言葉が街にあふれていて、どことなく懐かしかった。きき取ることがせいいっぱいなのにきれいだなと思った。ぼんやりきいているうちに突然おじいちゃんの声とかぶることがあって、そういうの忘れたくなくて一生懸命メモをとる。続けるうちにゲストハウスに来てくれる人の言葉も知りたくなる。ニイハオ、アンニョンハセヨ、コンニチハ、メルハバ、モイモイ、ボンジュール、オラ。

そこから出会った日本語がこうやってナカムラとの縁をつないでくれている。

「でもね。そうやって色んなことに出会っても、やっぱりまだ全然この街のことがわからないんだよね」

　話し続けるあたしの髪を涼やかな風がゆらす。朝がやってきた瞬間の、ガンガーに包まれる特別な静けさがあった時間はもう過ぎ去っていて、河辺ではしゃぐ子どもたち、浮かぶ小舟の写真をとる観光客、食べ物や物を売りに来る人たち、そういうにぎわいがあふれ出す。毎日同じように見えるけど、集まる人は同じじゃない。その人たちの交わす言葉も声も気持ちも吐息《といき》も全部異なっていて、そういうの全部が縦糸《たていと》と横糸のように編み込まれて行ってここの景色は浮き上がる。毎日が違う。あたしはそれが楽しい。

　でも、お客さんたちの笑顔をみると少し心がちくりとする。

　あたしはいまだにこの街の複雑な色や音になじみ切れてなくて、毎日驚くことがたくさんある。あたしほどじゃなくても、きっと、お父さんとお母さんも同じじゃないかな。おばあちゃんも。おじいちゃんと結婚してバラナシに来たんだから。だけど、お客さんたちはあたしたちのことをバラナシの代表みたいに思って来る。バラナシの人と話して、バラナシの人の作った料理を食べて、バラナシらしい生活をできたと喜んでくれる。でも、うちの家族は全然そういう伝統を持ってない。

「だからね、ナカムラ。あたし全然わからないんだ。バラナシらしさってなんだろう。あたしがわからないんだから、お客さんたちにも渡せない。あたしたちが渡しているのはまやかしの経験なんじゃないかなって、そう思っちゃうことだってある」

舟はゆっくりと岸に向かって進み出す。

「そういうときね、あたしは自分がどんな顔しているのかちょっとわかるの。こんな顔」

虚無《きょむ》と額に書く気分で無表情を作ってみせる。

「うわぁ〜……」

ナカムラは色々言いたそうだったけど、励ますようにあたしの肩を叩いた。

「あのね〜、ナカムラも同じ顔するから」

「マジで⁉」

「マジで」

納得いかないというように首をひねるナカムラに、はっきり言うべきか悩んだけどあたしは続ける。

「料理を作る話になると、ナカムラはあたしと同じ顔をする」

ナカムラの口が「あ」と言うように動いて固まって、あたしが指摘した通りの顔になる。

とたんに、ナカムラはごしごしと顔を両手でもみほぐす。

あたしが幻のような「ほんとうのバラナシ」を体全部を使ってもみつけられないように、ナカムラは料理に完璧を求めて同じく途方《とほう》にくれているのだと思った。

水辺ではしゃぐ男の子がこちらに向かって手をふった。ナカムラが大きく手を振り返す。男の子ははしゃいでもっと大きく手をふってみせ、ナカムラも負けずに両手を使って手をふった。まるで空を泳いでいこうとしているように。

「うわっ」

ナカムラがバランスを崩し舟のへりにつかまった。拍子に揺れた舟は波を生み出しさらにゆれ、「わわ」とあたしもあわててへりにつかまろうとしたけど間に合わなくて床に転がった。

「おとなしく座っててくれよ」

苦笑するおじさんの声をききながら仰向《あおむ》けになったあたしは突然目に飛び込んできた一面の青空に息をのむ。隣で同じように空を仰ぐナカムラが手を頭上にのばす。小さなしろい雲のはしきれが、ナカムラの手の中にすっぽりとおさまるようにみえた。

「まあ、あたしが迷ってるんだから、ナカムラにどうしてほしいなんて言いようもないんだけど。どうしようもないんだけど。でも」

あたしにしては歯切れが悪い。一生懸命に言葉を探すあたしの横で、ふわり、とナカムラが笑った気配がした。

「俺、自分では笑えてるつもりだったわ。アンジェリーすごいな。とりあえず、俺も、俺のことはまだ上手く言えないんだけど……。アンジェリーの『ほんもの』についてはさ」

ひと呼吸をおいて、ナカムラの声は続く。

「生活をするように旅をしたいって言うじゃん」

背中に伝わる河の揺れ。流れていくしろい雲。あたしは体の力を抜く。少しでも力が入ってしまったら大事なことをきき落としてしまいそうな気がした。

「俺、あの言い方しっくりこないんだよ。生活の仕方なんて100人いたら100通りあるわけだろ。文化や伝統を受け継《つ》ぐための暮らしもあれば、俺みたいに人が作ったうまいご飯食べてれば幸せっていう暮らしもある。暮らすように旅をしたいって言うと、どこにも本当はないんだけど旅行者がイメージする生活の中間地点を、こんな感じだろうってコーティングしてそれだけ味わう感じがするんだよ」

ナカムラの声はとても柔らかにあたしに染み込んでいく。

「食べることって生活のひとつ重要な部分をしめていると俺は思っててさ。うーん、うまく言えん。前にさ、俺が通ってた学校で『究極のミールスを作る』っていう課題やったんだけど。出てきたこたえはばらばらで、面白かったな。つまり、なんだ。それぞれの考え方や知識って、料理ひとつとっても正解なんてないんだよ。だから、アンジェリーが言う『まやかし』なんてどこにもない。アンジェリー、ばあちゃん、おじさん、おばちゃんたち。あとキャラメルも。アンジェリーの家族がつくってる毎日は全部本物だろ。俺は、そういう本物の生活にふれる旅がしたいよ」

長い間しくしくと痛み続けていた鈍く重たいものがあたしの体から抜けていく。太陽はすっかりと昇り出し、水面は眩しいくらいに輝いて反射していた。いつの間にかおじさんは舟をこぐのをやめて、たっぷりとした光を楽しむように舟縁《ふなべり》に頬杖をついて目を細めている。ナカムラに何か言いたかった。体を起こしてナカムラに向きなおる。ナカムラに伝えたいことはたくさんあってお礼の言葉すらうまく出てこない。

風がふき、あたしの髪がなびくと、ナカムラは少しくすぐったそうな顔をした。

「正解も本物もないってこと？」

「だな」

「あんなにいいマサラを使って作っても、お父さんの作るビリヤニは、それなりの味、だけどそれも正解？」

「それなりのおいしさは世界に必要だな」

「そっかぁ」

見つけた。

本当にナカムラに伝えたいことはひとつだけ。

「じゃあ、ナカムラがつくるそれなりにおいしいご飯食べてみたい」

力を取りもどした太陽の下を、大きなむれからはなれた小さな雲がかすかに流れていく。

「しかたないなぁ」

ナカムラのつぶやきとともに、ガンガーに浮かぶさいごの一艘《いっそう》になったあたしたちの舟はゆっくりと岸に向かって動き始めた。

第４章　つながりのカルダモン珈琲

朝起きたら3件メッセージが届いていた。まずは中村。『アンジェリーとガンガーの朝焼けしてきた』という一言と写真。朝靄《あさもや》がかすかに残る朝陽の中で中村が満面の笑みを浮かべている。隣にいるのがアンジェリーだろう。肩が触れあいそうな距離感で笑うふたり。楽しそうだな。次はカレー予備校時代の友人、成宮さん。『お店のこと聞きました！　大丈夫ですか？　私も坂下さんに会いに学校行く予定があるので時間があえばお手伝いしますね』。成宮さんは最近仕事が忙しそうでしばらく会えていない。成宮さんに心配をかけてしまったことが心苦しくありつつも、会えたらいいなと嬉しくなりしゃきっと起きようという気持ちになる。最後のメッセージは学校の連絡用チャットに投稿されたもので、築山さんからだった。

『ごめんなさい！　今日、少し遅れて参加します』

僕が返事をしていいのか迷いながらも、

『大丈夫です！』

とだけ返事をした。すぐに築山さんから感謝の意を示すスタンプが送られてくる。何かあったのだろうか。気になるけど「どうしたんですか？」「大丈夫ですか？」ときけるほど距離をつめられていない。皆のことを少しずつ知っていきたいと思っているところだ。

とりあえずチームはまだ崩壊してはいない。

僕は学校に続く道をゆっくりと歩く。12月が進むに連れて、一気に冷え込んできた。外を歩くだけでじわりと耳が痛くなる。こんな日は早く暖かい室内で美味しい熱い珈琲を飲みたくなる。だけど、なんとなく僕の足は重かった。なんて言うのか、築山さんがいないのは大きい。チームの皆をまとめてくれ、僕が立ちやすい場所をつくってくれている。そんな感じだった。築山さんのおかげでなんとかなっている。同時に、築山さんがいれば僕はいなくてもまわるのではないだろうか。そうも考えてしまう。

僕の提案でそれなりのものができあがるのだけど、どこかに転がってそうな味わいを、皆がこんなものかと思いながら美味しいよねと言いながら受け入れてくれている。誰もなにも言わないけど、そういう考えを頭から払えない。気にしすぎなのかもしれないけど。

井上さんとふたりで仕込んだビリヤニはおいしかった。あの夜だけの特別感はあるのだろうけど、豊かであたたかい味がした。

世界にひとつの味ってなんだろう。みんながおいしいと言ってくれる味ってなんだろう。どうやったら誰もが簡単につくれるだろうか。

何をどんなふうにつくるのかを探るために、もう少し皆と話したい。

だけど。

一緒に話して互いの考えを交換するというのは案外難しい。

思わずため息をつきながら学校に続く道の最後の角を曲がったとき、ちょうど道の反対側に岸本さんの姿が見えた。

「あ」

「あ」

ほぼ同時につぶやいて、ほぼ同時に会釈《えしゃく》し合う。くるりと巻いたマフラーに顔を埋もれさせるような仕草のまま岸本さんはやわらかな笑顔をふりまいた。僕の数歩前を歩いていた女性がその笑顔の直撃をくらい、よろめいた。岸本さんの笑顔の破壊力はすごい。学校はもう目の前だ。ここであったら一緒に行くしかない。僕はできるだけ気楽な感じに見えるよう、道を渡ってきた岸本さんの隣に立って歩き出す。道を歩く人々の視線がぐんぐん集まる。僕にじゃなくて、岸本さんにだけど。

「今日もよろしくお願いします」

僕よりずっと背の高い岸本さんは、少し背をかがめて僕の顔をみて挨拶してくれる。その過程でちょうど目線があってしまったらしい前から歩いてきた女子高生が、声にならない悲鳴をあげて飛び退《の》いた。もう、切りがなさそうだから見なかったことにしよう。

「あ、いえ。こちらこそ」

「あれ？　松本さん髪型変えました？　後ろの髪の立たせ方いいですね」

「あ、寝癖です」

「へぇー。自然でいいなぁ」

明るい感じで言いながら、岸本さんは僕の寝癖にちょんとふれる。あわわ。どきどきする。

「あわわ」

「あわわ？」

「あ、いや、岸本さん、ずいぶん早いよね？　今日は講義ない日なのに」

「はい、僕、ビリヤニの他に珈琲もやってるので。珈琲の補充しようと思って」

「珈琲？　あの研究室に置いてあるの岸本さんがつくってくれてるんだ？」

「そうです」

この風貌《ふうぼう》で料理もできて珈琲もおいしい。完璧じゃないか。思わず足をとめて岸本さんをまじまじと見つめてしまった。岸本さんは見られることに慣れているのか特に疑問に思う素振りも見せずに僕の視線を受け止める。あぁ、なんて綺麗な瞳なんだろう。岸本さんの魅力に包まれきってしまいそうになったとき、

「……ます」

小さな声が僕と岸本さんにかけられた。

「あ、井上さん。おはようございます」

にっこりと手をふる岸本さんとは反対に、とまどった表情のまま井上さんは遠慮がちに言った。

「……お邪魔ですか？」

あははと笑う岸本さん。ぶんぶんと首を横にふる僕。そして気まずげな井上さん。ふたりにはさまれて歩きながら、いったいこの後どうなるのか、先ほどまでとは違うなんとも言えない不安感が僕の中にむくむくとわいてきていた。


「えっと……どうしてこうなったのかな？」

そう質問するのをとめられなかった僕に、頭を掻きながら岸本さんが曖昧に笑う。調理台の上に散った色とりどりのスパイス。フライパン、土鍋、シチュー鍋がいくつも転がっていて、どの鍋にも押し合うようにぎっしりと切り刻まれた玉ねぎが、つやつやと輝いてつまっていた。坂下さんに呼ばれた僕が部屋を留守にし、井上さんが事務所に米を受け取りにでたわずかな間の出来事だった。

「準備を、しようと思ったんですけど」

岸本さん自身にも、何が起きたのかわからないという表情でこたえた。

「なるほど……」

そういえば、これまでは簗山さんが準備の段取りをして誰が何をやるか指示をだしてくれていたことを思い出した。

「……岸本さん、調理経験ってどれくらいあるんだっけ？」

「ときどき彼女に言われてお米を炊きます」

「お米だけ？」

「はい」

「お米だけ？」

思わず2回きいてしまった。

「はい。あ、正確にはお米研《と》ぐのと水加減は彼女がやってくれるので炊飯器のボタンを押すだけです」

井上さんがそっと、米を守るように自身の近くに引き寄せた。

岸本さんは惨状《さんじょう》を受けいれるように、調理台にゆっくりと視線を落とす。やわらかそうな髪がゆれ、その無防備《むぼうび》さに、さっきまでの乱れのない男前バージョンとは違う子犬のような可愛さを感じる。ほんと、どの角度からもときめかせてくるな。

ひそかに岸本さんのときめかせ力に感心していると、何かに気づいたようにぱっと顔をあげた岸本さんは、ぐっと僕に顔を寄せて破顔《はがん》した。

「玉ねぎが多すぎましたね。スパイス足りてなかったですよね。そっかぁ～、スパイスを足します！」

目前にせまる整った顔の勢いに思わず飲まれそうになったけど、なんとか抜け出して、強い心を保って伝えた。

「えっと、色々あるけど、原因はそこではない、かな」

「えぇ!?」

岸本さんはわずかに唇をひらいてしばらく僕を見つめ、あぁ～、と切ない声を響かせて椅子に座り込む。

「ほんと、僕ってダメですよねぇ」

心の奥のやわらかな部分をきゅんとくすぐるような響きがあって、僕と井上さんはお互いを支え合うように目をあわせ、うなずきあった。今この瞬間をふたりで乗り越えないと、岸本さんが全方位にふりまく魅力ビームによってよろめき倒れていく人々の一員になってしまう。

「得意不得意は人それぞれだから」

あえて岸本さんから目をそらし、鍋につまった玉ねぎに意識を集中させて返事をする。かなり大ぶりに切られているのに、僕が切った玉ねぎよりぐっとつやめき輝いて見える。玉ねぎすら美しい。その脇で、岸本さんは悩ましげに首をかしげ額の髪をかきあげる。うっかりそのさらりと流れる前髪を見つめてしまった井上さんは、ふらりと揺らめいたけど、すんでのところで目をそらし手近にあった土鍋の中をのぞき込む。あぶなかった。築山さんがうまい具合にさばいてくれていたのは、調理だけじゃなくて岸本さんの無防備な魅力もだったのか。築山さん、早く来てっ。

そんな僕たちの努力に微塵も気づくことなく、岸本さんはあやしいほどの色気をふりまいてため息をつく。

「彼女によく言われるんです。言われたことだけやってちゃダメだって。僕ね、言われたことをきちんとやるのはそんなに不得意じゃないんです」

確かにこれまでの岸本さんはそれほど目立ったミスをしていない。適切にリードしてくれる築山さんがいたからだろう。井上さん的には米の炊き方に一家言《いっかげん》ありそうではあったけど、全体の均衡《きんこう》がくずれるほどのことはなかった。

岸本さんはがっくりと頭を下げる。

「そうなんです。彼女と会うときも同じです。僕は言われたことだけをやるために、たまに手をだすくらいなんです。真似はしようと思うんですよ？　でも、彼女はほんとすごくて。僕、彼女の手料理で同じ物を食べたことがないんじゃないかというくらい、毎回ちょっとした工夫がされてるんです。いつも思うんです、世界にひとつの味だなあって」

思わず岸本さんを見てしまう。顔をあげた岸本さんと視線がぶつかった。

「だから僕も彼女のためにつくってあげたいと思ったんです。世界にひとつの味のビリヤニ」

岸本さんの言っていた「世界にひとつの味」にはそういう思いがあったのか。そっとうなずく。とたんに、すっきりとした岸本さんの目が期待に満ちた色で僕をみる。

期待に満ちた視線にこたえられる気がしなくて、本気で目をそらす。その視線の先に、岸本さんがさきほど研究室で準備していた珈琲豆の袋が見えた。初日に味わったあの味を思い出した。鼻腔《びこう》をくすぐる繊細な香り。温度によって徐々に変化していった味わい。

「あの、とりあえず珈琲飲んで休憩しませんか?」

たくさん飲んできた珈琲の中でも記憶に残るものになったのは確かで、手の届かないと思ってしまう場所に飛び上がるためのヒントをもらえればいいと思った。何より、今ならもう少しだけ岸本さんのことを知れるのではないかと思う。

「おいしい」

僕の手元にあるカップから芯のある香りが立ちのぼる。珈琲の味わいはゆっくりと変わっていった。コクのある味わいからまろやかさが増し、香りは一口ごとに澄んだ色を変えていくようだった。

岸本さんが作ってくれたのはカルダモン珈琲。

「良かった」

僕と井上さんが珈琲を飲むのを眺めて微笑むと、岸本さんは腕まくりをしながら机に広げたグリーン・カルダモンのさやをわり、丁寧に小さな黒い種をとりだしていく。ひとつのさやからとれる種はほんのわずかで、その手順は僕も知ってはいたけれど、手間がかかるから積極的にやったことはなかった。いや、あきらめてしまった。

「やっぱり、香りが全然違うね」

うっとりとした気分で何度も深く香りを吸い込んで、この香りにたどりつくのも悪くないなとぼんやりと考える。毎日は無理でも、少しだけ特別なものを作る日を設けてもいいかもしれない。

「カルダモンの香りを引き出す方法は築山さんが教えてくれたんですよ」

「築山さんが？」

「はい。さやの割り方とか、煮出し方とか。ピッキングはやってたんですけど」

「ピッキング？」

「こうやって、豆を選別することはしていたんです。それだけで珈琲の味わいって全然変わるんですよ。高い豆は用意できないので」

試しに作業をしてみせてくれる岸本さんの手元をのぞき込んで感心する。細かな傷、大きさ、色を見分けさくさくと仕分けていく岸本さんの作業には迷いがない。これまで努力してきた時間の長さを感じさせる。

「すごいね」

「いえいえ。教わったとおりにやってるだけなので。誰でもできます」

「できないよ!?」

実際に僕は知っている。岸本さんと同じように整った顔立ちで、カレーは素晴らしくおいしくて、そして何よりも珈琲を愛しているのに肝心の珈琲については全然上達しない人のことを。そうだ、岸本さんを今度あの店に連れて行ってあげよう。

「なによりもこの作業は楽しいんです」

岸本さんは丁寧により分けた豆を一粒つまんで空に掲げる。艶のある豆はふっくらと丸みのある綺麗な形をしていた。岸本さんは大切そうにその豆を袋に入れ直していく。

そうだよな、と思う。何かを作ることは楽しい。おいしいともっと楽しくなる。好きな味にたどりつけなかったときはがっかりするけれど、どうやればいいのだろうと探ることはさらに楽しさを見つけることができる。ただ、その冒険は長くなることもある。誰でも続けられるわけじゃない。

そこまで考えてはっとした。

そうだ、世界にひとつの味っていうのはそんなにすごいものじゃなくてもいいのかもしれない。

「岸本さん。世界にひとつの味ってさ……」

もう一口珈琲に口をつけると、カルダモンのさわやかな香りが口いっぱいに広がる。岸本さんが、手をとめて僕をふり返る。

「これまで作ったことのない、誰も見たことのないものを作るだけじゃないと思う」

そう言葉をつむぎながら思い出していたのは、ある夏の日に、西野さんに連れられて珈琲を愛する店長さんの店に行ったときのことだった。あの頃の僕は、これまで味わったことのない僕だけの味を作らないといけないんじゃないかとあせっていた。

あせったまま、いきなり変わった味を仕掛けていたらどうなっていただろうか。はじめは面白いと言ってもらえたかもしれない。そして、次の仕掛けを期待される。その期待を超えて予測できない新しいものを生み出せて行ける人たちは確かにいるけれど、僕がそうなれた可能性は低いだろう。あの店で店長さんのカレーと珈琲を西野さんと味わいながら、このまま僕が作れることをひとつひとつ確かめながら進んでいこうと思った。だから、あの日のあとも、僕は自分が作り慣れたチキンカレーを作り続けることができた。季節を感じて、食べてくれる人たちにあわせて少しだけ工夫しながら。

「新しい味や食体験を生み出せる人もいる。一方で、今ある味をゆっくりと磨いていくことも、いつかたったひとつの味につながることができるんじゃないかな」

まったく新しい味をたった数日で完成させるのは難しいけれど、長い道をゆっくりたどりながらならどこかで出会えるかもしれない。

「岸本さんが今僕たちのためにやってくれたこともそうだし、岸本さんの彼女が作ってくれる食事も、毎日すこしずつ岸本さんのことを考えて工夫をしてくれているんじゃないかな」

いつの間にか、岸本さんが立ちあがって僕をみている。180センチ以上の身長で見下ろされると迫力がある。しかも端整な顔が妙にこわばっている。まずい。偉そうに語ったように聞こえたのかもしれない。先手必勝で謝ろう。口を開きかけた僕の手を、岸本さんが両手でがばりとつかむ。投げ飛ばされる!?と緊張した瞬間、力強い握手をするようにぶんぶんと手を振られた。

「ありがとうございますっ。彼女のご飯がおいしいのは僕のことを考えてくれているからなんですね」

なんというか、少しだけ僕の言いたかったことからずれているような気はしないでもなかったけど、怒っているのではなさそうで安心した。

「いや、まぁ、僕の勝手な想像だけど……」

泣き出しそうなすごい笑顔を向けられる。

「彼女がビリヤニ大好きなんです。でも、おいしいけどそうしょっちゅう食べられないし、作るのも難しそうだって。だから、どうしても作ってあげたいんですけど。形通りに作っても、それは僕の味じゃなくて、心が入っていない気がしてたんです。だけど。そうか。言われてみれば彼女の用意してくれるものって、特別なものを使ってないんですよね。食パンに海苔をのっけてだしてくれるとか。ご飯のおかずはちくわだけとか。僕にはない発想だから彼女は天才だと思ってたんですけど」

現実的な日々の忙しさを乗り越える彼女さんの姿が想像できる。好感がわく。

「僕のことを思って。うん。そういう積み重ねが大切なんですよね」

「岸本さん。まずは、その、ビリヤニだけじゃなくて、その、忙しいときはご飯とふりかけを用意してあげるだけで、喜んでもらえるかも、だよ」

「松本さんって……。恋愛エキスパートですね」

泣きたくなるような誤解をされた。しかも相変わらず輝く笑顔で僕を見つめてくる。恥ずかしい。なんだか猛烈《もうれつ》に恥ずかしい。だけど、誰かの心を心地よくゆらしてあげたくて作る料理の楽しさを思い出す。

きゅー、と小さな音がした。どうやら井上さんのお腹が空腹をうったえ出したようで、井上さんは頬を染めてうつむいた。

「とりあえず、みんなでビリヤニ作ってみようか」

はじめてみないとどこにもいけない。

改めてキッチンに戻り、調理の準備をはじめだしたところで、勢いよく扉が開いた。

「ごめんなさい！　遅くなって……ない？　あれ？　今からですか？」

飛び込んできた簗山さんを笑いながら出迎える僕と岸本さんと井上さん。

「色々あったんだ」

冗談めかして言った僕の言葉に井上さんがうなずく。

「はい。色々ありましたね」

岸本さんはちょっと困ったように眉を寄せ（渋みが増した格好良さが引き出された）、ひとつうなずいた。

「僕の進む道が見えてきました」

と言っていつもよりも華やかな笑みを浮かべて見せた。

さすがの簗山さんもその笑顔力に少したじろいだようだったけど、すぐににっこりと笑いかえす。

「なんだか私がいない間にみんな仲良くなってません？」

その声に、僕たち3人は笑う。

ビリヤニ道は全然極められていないけれど、これからの時間が少し楽しみになった。皆と一緒に、色んなことを知っていきたい。僕がそんな風に浮きあがっていくのをとめるように、がんっ、という鈍い音が部屋に響く。

「ごめんなさいっ」

築山さんがすまなそうにあやまって鍋を置き直す。よくあることだ。その日の僕はちっとも気にしなかった。なのに、鈍く空気を震わせたその音に、ちゃんと耳を澄ますべきだった。置き去りにされそうな小さな声が隠されていた。

インド編④～ひとりのための、ひとつの味～

あたしはおいしさにうっとりしていた。我が家の朝ご飯の定番はショウガ入りフレンチトースト。これはお母さんの得意料理で、バラナシに戻ってくる前から作ってくれていた。三角形に切ったパンを卵、牛乳に浸し、そこにおろしたてのショウガとお塩、スパイスを加えてよく混ぜる。あとはフライパンできつね色になるまでじっくり焼くだけ。

「うっまぁ。ショウガきくなぁ。これ店でも出せそうだな。松本に教えてやらねば」

「マツモトじゃなくてナカムラがつくればいいじゃん」

「うーん。そうとも言えない。いっやぁ、しっかしうまぁ。しみるなぁ～」

「蜂蜜《はちみつ》やガラムマサラかけてもいけるよ」

ナカムラは大げさなくらいに褒め称《たた》えてフレンチトーストを味わっている。ガンガーから帰ってきたあたしたちはゲストハウスの中庭の長椅子にすわり、気持ちの良い風をあびながら、遅めの朝ご飯を食べていた。

我が家の中庭は決して広くはないけれど、キッチンと食堂からつながる半円形のスペースはお客さんたちにも好評だ。何本かの木が植えられていて、その木漏《こ》れ日《も》の下でこうやって食事をすることができる。普段と同じものなのに、外で食べるだけでぐんとおいしくなるのはなんでだろ。見慣れた庭をながめていると、無事に帰ってきたなぁって思う。朝焼けのガンガーの気配は濃密すぎて、どこか遠くに流されてしまうような気分になる。陽射しの中を歩いて家に戻る頃には、すっかり世界は元通りなんだけど、それでも家にこうやって落ち着くまでどこか頭の中がぼんやりしてしまう。家のご飯を食べてようやく思う。あぁ帰ってきたなぁって。ナカムラがおいしいおいしいと言うからお母さんは調子にのってフライパンをふりつづけている。ご機嫌な歌声があたしたちのところにまで流れだし、空腹という最高のスパイスとともにふたりでフレンチトーストを食べ尽くす。

にゃー。

繊細な鳴き声と不似合いな巨体をゆらしてキャラメルが茂みから顔を出す。そして迷いなくナカムラの膝に飛び乗った。

「あげないからな」

わりとシビアなナカムラの対応にキャラメルは少々不満げに尻尾をゆらす。わっさわっさとゆれる尻尾がゆりうごかす軽やかな風。そういえば、日本にはこういうラッキー・キャットがいたような。幸運を招くためにふるのは尻尾だっけ、後ろ足だっけ。日本のネコは器用そうだから後ろ足かもしれない。とりあえずナカムラに幸あれ、とあたしはお腹いっぱいの幸せ気分で祈っておく。

だって。

そろそろ。

「ナカムラさん、それじゃあそろそろ手伝ってもらおうかなぁ」

にんまり笑顔のお父さんがやってきて手招きする。

「ほーい！　うんじゃ、行ってくるわ」

お父さんについていくナカムラの後ろ姿を見送りながら、ぱくりとフレンチトーストをもう一口。フレンチトーストは甘くて柔らかくて本当にえらい。ジンジャーとシナモンも頑張っている。残りは2枚。いつもだったら、ぜんぶあたしひとりで食べていいことを全力で喜ぶんだけど、今日はそこまでじゃない。もうちょっとナカムラに食べさせてあげたかったかな。

みゃーご。

キャラメルがうらめしそうにあたしを見上げる。

「お前にはあげちゃダメだって」

頭をなでてあげようとしたけど、ぷいっ、と顔を背けて歩き出す。孤高のネコさま、キャラメルさま。あんたの分もちゃんとあたしが食べてあげる。最後の一口までしっかりいらげて、困ったな、と思った。お腹がいっぱいなのに少しだけさみしいのだった。

おいしいものは正義だし、おいしいものを作り出すための道筋にはきっと愛があふれている。大好きど真ん中の食べ物に出会ったら、もう本当にそうですよね、と首振り人形並みにうなずき続けちゃう。おいしいものを作り出す人たちってとてもたくさんいる。食堂のコックさん、屋台のお兄さん、野菜や肉を作る人、食品を売ってくれる人だってそうだ。みんなとんでもなく愛おしくなることがある。色んな人が色んな形で、おいしいものを作り出すことに携わっている。お父さんとナカムラだってその一員だ。おいしいものを生み出すにはパワーが必要で、きっとあたしの知らない努力だってたくさんあるんだろうけど。

ほんと、色々あるんだろうけど……。

ナカムラがお父さんから解放されたのはフレンチトーストの朝から3日目だった。

「いやー、ナカムラさんのおかげでいいものができましたよ」

中庭でチャイをすするお父さんの表情は溌剌《はつらつ》としていて、むしろ3日前より若返っている。頬をなでるゆるい風に心地よさそうに目を細める。どういうわけかお父さんはこうやって部屋に誰かと引きこもったあとは、うんと若々しくなるのだ。いったいあの部屋でどんなやりとりがあるのだろうか。お父さんと一緒にあの部屋に閉じこもれば若返りの真実を知ることができるのかもしれないけど、あたしはまだ遠慮しておく。ちらりと斜め前に座るナカムラに目をやる。いっそ、永遠にたどり着けないままのほうが幸せだ。

「……ナカムラ。いきてる？」

「……なんとか」

ナカムラは口をぽかんと開いて空を眺めたままほとんど動かない。ゆらりとさまよう視線がときおり、テーブルに置かれたスパイス瓶をとらえると、「ひぃ」と小さくつぶやいて目をそらす。シカノですらこの状態になるのだから驚きはない。あぁ、先にガンガー行っておいて良かった。この状態になったら立ち直るのに数日はかかる。

「フレンチトースト、食べる？」

「お砂糖マシマシにしてあげるよ？」

お母さんと叔母さんが心配そうに声をかける。

「……まだ無理」

げっそりとした顔でナカムラが首を横にふる。

ナカムラが日本に帰るまでにできればもう少し食べ歩きをしたかったし、ナカムラに料理を作ってもらえるよう仕向けたかった。だけどこれでは人の体裁《ていさい》をとりもどすのがせいぜいだ。無念。

ふわぁーん、となんとも言えないやわらかな薫りがした。ぴくり、とナカムラの鼻が動くのとあたしの胸が高鳴るのはほぼ同時。豆、トマト、玉ねぎ、あとはチキンだろうか。とろりと優しくまざりあった匂いがただよってくる。キッチンの窓から流れだし、中庭を横切るようにあたしたちを包み込む。たまらない。朝ご飯を食べたばかりのあたしのお腹。

むむ、と力をいれてもあっさり、ぐぅ～、と音が鳴る。こんな弱ったナカムラの前でお恥ずかしい、と鼻と口を手で押さえる。誘惑に負けるでない。そう言い聞かせるあたしをあざ笑うかのように、「ぐおーん」というすさまじい誰かの空腹の音がした。あたしのお腹の音なんて全然目じゃない。ちょっと誰よ、とにらみつけようと顔をあげた先に、照れくさそうに笑うナカムラがいた。

「腹減った～」

それはおばあちゃんがナカムラのために作ってくれたスープだった。差し出された小さなカップをナカムラが両手で包む。できたての湯気が立ちのぼる。ナカムラは薫りを楽しみながらスープを愛おしそうに見つめる。そうしてカップをかたむけて一口。

「……はぁ～」

ナカムラの喉から身体の奥底からやってきた声がしみじみともれる。コトン、と軽い音をたててテーブルに置かれたカップをがまんできずに手にとりあたしも一口。

「……はぁ～」

「ゆっくり飲みなさい」

おばあちゃんはそれだけ言うと、スープがたっぷりと入った鍋を置いてあとは何も言わずにあたしの向かいの椅子に腰掛けた。豆と一緒にたくさんの野菜が煮込まれたスープ。カボチャ、ポテト、ナス。とにかくなんでも入っている。ターメリックとクミンにレッドチリが少々かな。おばあちゃんの料理はうまく名前がつけられない。そしてあたしはそんなおばあちゃんの料理が大好きだ。お母さんみたいにぱっと思い浮かぶ得意料理は特にない。ゲストハウスのお客さんに普段食事を振る舞うのもお母さんだ。

しかしおばあちゃんは見逃さない。

本人が気づいていないうちに忍び込んでくる疲れの足音に耳を澄まし、それが何を意味しているのか見抜くのだ。尋ねることも説明することもなく、おばあちゃんはその人が食べるべきものを差し出してくれる。おばあちゃんの料理は、その日の気候や相手の体調によってすこしずつスパイスを使い分けている。おばあちゃんはほとんど味見をしない。使うスパイスの種類もそれほど多くない。それでもゆったりした動作で、本当に食べてもらいたい人にあわせた特別な料理をこしらえる。

結局、幸せな薫りにひかれて集まった家族全員で平らげた。

「なんだこれ旨《うま》すぎる」

ナカムラは名残惜しそうにカップを持ち上げて最後の一滴まで余《あま》さず食べる。ナカムラが顔をあげる。少し疲れが残った顔をしてはいるけど、さっきとは表情が違う。まぶしいくらいの笑みを浮かべている。おいしいものを食べた後のこの瞬間、こうやってわき上がってくるきらきらした感覚は忘れられない。やめられない。それに、ナカムラの中で新しいものが生まれようとしている気配がした。

「これ、レシピ教えてもらえませんか？」

このスープが海を越えて日本に羽ばたいていくなんて想像しただけで胸が躍《おど》る。

あたしの心が盛り上がる一方で、おばあちゃんは困った顔をした。

「レシピ？　そういうものはないよ」

「いや、そんなちゃんとしたもんじゃなくていいですよ。メモでも、なんなら材料だけでも」

「だからそういうものはないんだよ。都度《つ》都度《ど》違うからね」

ナカムラは首をかしげるけど、あたしたちは納得する。

「そうねー。おばあちゃんの作る料理の味ってちょっとずつ違うわよね」

「あたしが作るのもそうよ。途中で飽きて、適当に味付けしちゃうから」

「あんたと一緒にするんじゃないよっ」

叔母さんの料理は相当だ。マイナスの意味で。

おばあちゃんはナカムラに向き直る。おばあちゃんは背筋をしっかりと伸ばし、言葉を探すように少し首を傾けて空を見る。

「レシピというものを作ったことがないからわからないけど。レシピはひとつの正解を文字に起こすものなんだろ。私の料理にはね、決まった正解なんてないんだよ。どの人も自分の好きな味や正解を持っているんだよ。それを捕まえに行くんだよ。といってもわざわざまったく違うものを作ってるわけでもない。まぜてくのかね」

「まぜる？　つまり、ばあちゃんの味に他の人の好きなもんをまぜて調和を生み出すってこと？」

おばあちゃんは「まぜる」という言葉を丁寧に口の中で転がしてよく味わい、それからはっきり首を横にふった。

「いや、やっぱり違うね。まぜるというより。そうだ、上書きしていく感じだね」

「上書き？」

今度はナカムラがその言葉をかみしめるように首をかしげる。ふたりの間の言葉は華麗《かれい》に空を舞うと言うより、地面を転がり砂にまみれ草の間をくぐりぬけ、ようやくお互いに届くようなやりとりだった。ゆっくりと、でも確実に近づいていく。

「でも、それだとはじめに食べたときとは全然別の料理になる。昔、ばあちゃんの料理を食べた人がもう一度食べに来ても違うものが出てくるんだろ？」

おばあちゃんはまったく意に介《かい》さない。

「いいじゃないかそれで」

すっと伸びた背筋を保ったまま迷いなくこたえる。

「どれだけ味が変わっても私の料理はおいしいからね。少なくとも、作った料理のことをそのとき食べてくれる人が好きになってくれればいいよ。もう一度食べたい人がいるなら、もう一度来てくれて、そのときにまた私の料理を食べてくれればいい」

あたしもうなずく。

お母さんのフレンチトーストや裏路地にあるチョコバナナ・サモサも大好きだけど、おばあちゃんは常にたったひとりのために作ってくれる。あたしはカップに残ったわずかなスープをゆっくりと味わってみる。もう冷めてしまっていたけれど、やわらかな味といくらでも食べたくなる軽い口あたりは損なわれていない。細胞ひとつひとつが喜んでいく。

ナカムラに倣って最後の1滴まで飲み干して、あたしはみつけた。

「ね、ナカムラ」

「ん？」

「決まったね」

「んん？」

「ナカムラ特製スープパーティをしよう。おばあちゃんの味をナカムラが上書きするんだよ」

第5章　勝負のカトゥレット

その日のはじまりは決して悪いものではなかった。

準備を整えるのも慣れてきた。まずは僕と岸本さんで調理器具を棚から取り出し、調理台に置いていく。その間に、築山さんが食材を並べ、井上さんは米の状態を見極めるように真剣な顔で計量していく。同じレシピをベースにしながらスパイスの配合に変化をつけてみることにして、同時に2種類を炊いてみることにしていた。いつもビリヤニを炊いている鍋とは違うホーロー鍋をひとつ引っ張り出す。店で使っているのと同じ種類のものだった。しばらく会っていなかったから、愛おしさに思わずなでてしまう僕をみて、井上さんはとても静かに後ずさりした。

という、ささやかな失態はあったものの全体的には順調だった。

ほころびはどこで生まれたのだろうか。

もしかしたら、と思うきっかけは、岸本さんとのちょっとした雑談だった。

「え？　松本さんってカレー批評の瀬川さんと知り合いなんですか？」

「うん。ここの同期なんだ」

一通りの作業をおえて、休憩がてらにチャイでも淹れようと準備をしているとき、岸本さんとの雑談でそんな話題になった。岸本さんの彼女がビリヤニを知ったきっかけは、瀬川さんのSNSだったらしい。

「普段は論文でも書いているような生真面目《きまじめ》な文章なのに、ときどき妙に熱くなるコメントが面白いらしいです」

鹿野さんの店であるブラウン・シュガーの話題になったりすると、僕でもついていけない熱さを瀬川さんは発揮《はっき》する。

「数ヶ月前に、ブラウン・シュガーってお店がビリヤニを試作したって話が投稿されてて。何言ってるのか全然わからないけどとにかくビリヤニというのはおいしそうだって彼女が気になって、神保町《じんぼうちょう》にあるビリヤニ専門店に行ってきました」

やっぱりブラウン・シュガーか。そして、そのビリヤニ専門店は僕も気になっていた。ただし人気店のため気合いを入れて予約しなくてはならない。つい億劫《おっくう》になってしまいまだ行けていなかった。

「もう、本当に凄かったです」

男前が相好を崩すのを目の当たりにして、根性を出して予約をとってみようと心に決める。

「それからビリヤニにはまったらしくて、彼女は他の有名店も食べ歩いてて、この前なんてわざわざ沖縄に行ってました。このWEBサイトにスパイス関連のお店がいっぱい紹介されてるんですけど。あった。これです。この店知ってます？　キッチンカーのSPICE TIME MOON」

どこかで聞いたことがある。思い出そうとする前に、岸本さんが差し出したスマホの写真に意識が引っ張られる。ハイビスカスが描かれたキッチンカーの横に、ダブルピースをしたボーイッシュな感じの女性が写っている。溌剌とした笑顔が印象的だ。

「彼女？」

「僕の彼女は秘蔵《ひぞ》っ子なのでまだ教えてあげません。この女性、えっと渡嘉敷《とかしき》さんっていうらしいんですけど、ひとりでキッチンカーを切り盛りしているらしいですよ」

「へぇー？　ひとりで？　かっこいいなぁ」

僕は中村がいなければ店をまわせる自信はない。

「あ！　そうそうこのサイトに松本さんものってましたよ」

「あ……」

思い出した。店をオープンさせてすぐの頃にWEBメディアの取材を受けたのだった。中村とじゃんけんをして負けた僕が代表で写真を撮られることになった。こういうのは中村の方がむいているはずなのに。中村曰く、「俺はもっと大きな記事のときに顔をだすべき男だからな」と贅沢《ぜいたく》なことを言い、結局それから一度もメディアになんて露出《ろしゅつ》できていない。

「店の代表って感じで格好良かったですよ」

と言う岸本さんこそが「格好良い」の見本のような笑顔を向けてくる。もうまぶしすぎて、反論する力が奪われる。ふにゃりと曖昧な笑みを浮かべ返し、「ありがとう」と返事をした。そのときだったと思う。何気なく顔をあげたら簗山さんと目があった。思いのほか強い視線を感じて、あわててチャイをいれる手を動かす。

「チャイ！　チャイ作らないとね。ほら、岸本さんも。香菜《シャンツァイ》切っておこうよ」

サボっていたわけじゃないですよ、アピールをした僕に、簗山さんは逆にはっとしたように、

「あぁ、えっと、そうなんです！　チャイの作り方知りたくて」

とやけに早口で切り返しながらすぐにいつも通りの笑みを浮かべ直してから小走りで僕のところにやってきて、ふんふん、と僕が用意した小鍋に目を落とす。チャイは日本でもお馴染《なじ》みのスパイスをきかせたミルクティだ。

「鍋小さくないですか？」

「茶葉が開きやすいように水で煮出すんだけど、少ない水で濃く出した方がおいしいと思って。せっかくだから試してみようと」

「なるほど」

まずはカルダモンとシナモンをあわせて火にかける。沸騰《ふっとう》したら茶葉を加え、しっかりと色を出す。このあたりからスパイスはよく香り出す。その後は限界まで水で煮だしたあと、ゆっくりと牛乳を足していく予定だった。だけど、スパイスの女王とも言われるカルダモンの凛とした薫りは十分に味わうことができなかった。

「そういえば、岸本さんからカルダモンの扱い方を教えてもらったよ。アイディア色々もらえて本当に助かるなぁ」

何の気もなしにそう言った僕を、築山さんが呆然《ぼうぜん》とした顔でみていたから。

真っ白な顔色に具合が悪いのか心配になる。

「築山さん？」

様子に気づいた井上さんが、僕よりも早く声をかける。その声に、大丈夫というようにゆるゆると首を横にふってみせたけど、築山さんのまっすぐな瞳はじっと僕をみたままだ。

「……やっぱり松本さんも一緒なんですね」

小さなつぶやき声がもれた。それは、僕を責めるようなものではなくて、むしろもっと遠い響きを持っていた。何かを諦めたあとのようなその声の冷ややかさに心がざわめく。

一緒って誰と？　続きを待ちたくて黙る。でも、その沈黙を違う意味にとったのか、築山さんは慌てて両手をふった。

「あ、ただの一人言です！」

誤魔化《ごまか》すように、あはは、と築山さんは笑ってみせるけど、僕を見る目の奥の色は変わらない。泣き出しそうに、黒い瞳は揺らいでいる。

しゅんしゅんと、作り途中のチャイが沸騰する。築山さんは僕の代わりに手を伸ばしてコンロの火を弱める。

「ちょっと煮詰まっちゃいましたね……。ごめんなさい。私が話しかけたから。捨てなきゃダメかなぁ」

見れば、手鍋の中の茶葉はすっかり開ききり、ルビーに近いような赤みを帯びた茶色がこっくりと煮出されていた。僕はなんとか笑顔をつくり、

「ちょっと味見してみるね」

ティースプーンで鍋から直接一口分すくう。舌が痺《しび》れるほどの苦さが口に広がった。隣に立つ築山さんの煮詰められた気持ちがそのままあらわれているように思えて、きっとこの苦みはしばらく忘れられない。

「蜂蜜と牛乳を足せば悪くないよ。きっと。あとはシナモンとサフランを入れてみようか」

蜂蜜の甘さは丸い。ゆっくりと溶け出して、きっと苦みを包んでくれる。築山さんは僕がスパイスを調合するのを見届けてから、すん、と鼻をならす。まだ薫りはたち上っていい

ない。

「スパイスって失敗した部分を上手く隠すことができて便利ですね」

いつも誰よりも丁寧にスパイスを紡いでくれる築山さんが、どこかおざなりな口調でつぶやいた。

聞きたいことはたくさんあったけど、はじめのひとつが自然と口をつく。

「築山さんは、すごくスパイス詳しいよね？　どこかで勉強してたの？」

好きな食べ物、好きな理由。井上さんと岸本さんと話すことで、ようやく知っていくことができた。今度は築山さんの話をちゃんと聞きたかった。そのタイミングはまだ少し遠い気がしていたけれど、今日の築山さんはなんだか昨日までとは違っていた。その違いを僕はまだ上手くすくいあげてあげられない。せめて、築山さんの真ん中にあることをきちんと知りたいと思った。

築山さんは僕がたずねると黙って笑ってくれた。いつも通りに見える表情に少し安心する。

「その前に、私もひとつ聞いていいですか？」

そう僕に問いかけながら、ふっと視線をビリヤニの鍋にずらした。甘い米の薫りがかすかにわき出してきている。僕は声に出さずにただうなずいた。強く2回。築山さんが知りたいことがあればなんでもこたえてみせたい。

「松本さんは、なんでこの仕事引き受けたんですか？　ビリヤニやったことないって言ってたので」

「あ。えっと……」

店が水浸しになって、営業できなくて、お金がなくて……。自分でもまとめきれない色んな声がぶわっと頭の中をよぎっていったけど、もたもた返事をするのも悪いと思って最後に浮かんだ一言だけ口にする。

「お金がなくて、ちょうど坂下さんに頼まれた……から」

とたんに、お腹がぎゅっと痛くなるくらい後悔した。築山さんの顔から笑みはすっかり消えていた。どんなときでも笑顔を絶やさなかった築山さんは能面のようにまっさらな表情で僕を見つめている。

「そうですか……」

築山さんは声が震えそうで息をつく。

「そうですよね。たかだか学校の課題のひとつですし。……そうですよね」

「あ、でも、適当な気持ちとかではなくて。ビリヤニおいしいし。ただ……」

なんて言えばいいのだろう。

そこに附随《ふずい》するどんな気持ちを説明しても、店が営業できなくなったタイミングで坂下さんに頼まれなかったら僕はここにいなかった。その事実は変わらない。

「ただ……」

そのままなにもこたえない僕を見て、簗山さんは大きく息を吸い、笑顔を取り戻す。確かに笑っているのに見たことがないほど寂しそうな顔だった。

「お金かぁ。私もそれくらい割り切ってビリヤニを仕事にすればいいのかなぁー」

遠ざかっていきそうな簗山さんの気持ちをつなぎとめたかった。その寂しそうな顔を僕は知っていた。中村が、ときおり浮かべるあの表情に近い。中村のものよりもっとずっと、深くて、どれだけ手を伸ばしても様子をさぐれないように見えた。どうにかしないと、もっとずっと遠くまで行ってしまいそうで、うやむやにしてはいけない気がした。

でも、やっぱり僕は間違えたのだと思う。

「簗山さんは、ビリヤニが好きなんだね？」

そう言葉を舌にのせた。

〈好き〉という言葉はとても強い。

僕の周囲の人たちは、色んな形はあれど〈好き〉を追求していく人たちばかりだった。自分がどこにいるのかわからなくなるくらいに様々な角度から大好きなスパイスを眺めて、それぞれの角度から違う物語を掘り出して、自分の気持ちを織り交ぜて少しずつ世界を立ち上げていく。そういう世界を目の当たりにしてきた。絡《から》め取られてしまっているのかもしれないけれど、僕自身をそこから切り離すのはすっかり難しくなっていた。

〈好き〉という言葉はとても強い。ときに、強すぎることがある。

築山さんは笑った。

寂しげに笑った。

「好きという気持ちが強すぎて、続けられないこともあるんです」

調理室の扉が開けられて、静かに閉まるのが聞こえるまで、僕は築山さんの姿を見ることができなかった。


「どうぞ」

井上さんが炊き上がったばかりのビリヤニを皿に取り分けて差し出してくれる。

「……ありがとう」

3人で囲む机はいつもより広く、沈黙が落ちる。

それでも。

スプーンを手にして、ライタとパクチーをあわせてビリヤニをひとすくい。

「あぁ」

「おいしい」

「……ですね」

しっかりとお腹が空いていて、3人で夢中になって食べる。米はふわりとしているのに具材のチキンはしっとりと仕上がっている。かみあわなかったバランスがずいぶんと整ってきて、きっと友人たちに食べてもらってもおいしいと言ってくれる味になっている。今の、築山さんの去ってしまったこの部屋の様子を知らなければ。

「僕のせいだよなぁ」

なんでもいいから声を発してみたくてそうつぶやいたけど、ずーん、と自己嫌悪の重さが増しただけだった。岸本さんが、いやそんなこと、と言いかけたけど全否定できなかったらしく口を閉ざす。

「……あの」

井上さんのささやき声。

「うん？」

岸本さんが柔らかにうながす。井上さんはこくんとうなずくと、喉の調子を整えるように軽く咳払いをして話し始める。

「築山さん、沖縄でビリヤニのキッチンカーをやってたことが……あるって、ぽろりと話したことがあって」

岸本さんと僕は顔をあわせる。まさにさっき話していたSPICE TIME MOONのことじゃないのだろうか。

「でも、渡嘉敷さんっていう女性がひとりでやってましたね？」

悩ましげに首をかしげた岸本さんと偶然の産物で目があってしまう。相変わらずの目力にどきどきする。

「う、うん。写真も別人だったね」

あわててビリヤニを頬張《ほおば》ってなんとか自分を保つ。

「もしかして……」

井上さんが小さな声をさらに押し殺してつぶやいた。小さくふるえている。

「乗っ取り……？」

「あぁ」

「それだ」

と、こたえたとたんに、パカーンという大きな音とともに僕の後頭部に衝撃が響いた。

「ちがーーうっ!!」

見知らぬ第三者の声が、背後から響く。

「えぇ？」

振り向いた背後にはどこかで見たようなボーイッシュな雰囲気の女の人。彼女の右手は素振《すぶ》りをしたあとのように左肩まで振り切った位置にあり、その姿を見て理解する。どうやら僕の頭は彼女に思いっきりはたかれたらしい。

「渡嘉敷さん」

岸本さんがつぶやいた。渡嘉敷さん。どこかで聞いたな。こちらを睨《にら》みつけてくる女性をぼんやり見つめ返す。

「わたし、店をのっとったりしてないから！　風評被害《ふうひょうひがい》！　むしろ逃げ出された方！」

沖縄のキッチンカーSPICE TIME MOONのシェフ。ダブルピースの女性。さっき写真で見たばかりの女性が目の前にいた。

「えっと、なんで……？」

「ツキちゃん、築山を追いかけてさっき東京についたとこ。あの子、うちの共同経営者。乗っ取りじゃないから！　色々あって喧嘩して、逃げ出されて、電話ではのらりくらりどこにいるか全然教えてくれないから」

SPICE TIME MOON。思い出した。鹿野さんが注目しているお店のことだ。納得する。どうりで築山さんのスパイス使いが上手いなんてレベルじゃないはずだ。

「あの子の行きそうな場所探って、色々巡って、ようやくここに通ってることつきとめて、この部屋からツキちゃんがブレンドしそうなスパイスの薫りが漂ってて」

渡嘉敷さんは鼻をくんくんと鳴らして、大当たり、と満面の笑みを浮かべる。匂いを嗅ぎ分けるって中村にだってできないかもしれない。

「スタッフさんにとめられなかったですか？」

「わたし、こう見えてもビリヤニ界隈では有名人だから。ちゃんと名乗ったらいれてくれた。店やってる人だったらだいたい顔パスなんじゃない？」

なんだろう、少しくやしい。

「で？　ツキちゃんどこ？」

僕たち3人は顔を見合わせ、ゆっくりと首を横にふる。

「帰りました」

「じゃあ明日また来る！」

僕たち3人はふたたび顔を見合わせる。

「明日は……練習休みにしてます」

代表でこたえた僕の顔をじっと見て、

「なにそれ〜。終わった。明日には沖縄戻らなきゃいけないのにぃ」

渡嘉敷さんが顔を覆って座り込む。泣き出しそうな気配を感じ、ここは岸本さんを投入か、とまたまた3人で顔をみあわせたら、ぐぅ〜、と軽快な音が渡嘉敷さんのお腹から響く。まぁ、とりあえず。

「食べます？」

ビリヤニを差し出した。

「うっわ〜、ふっつうだね〜。もんのすごい普通のおいしさ」

渡嘉敷さんは僕らが作ったビリヤニをよく噛みしめるようにゆっくりと何口か食べたあ

と、はぁ～、と感心するようにも聞こえる声でそう言った。

「感動的な普通さだわ」

　有名店のシェフに出してしまってなんか本当にすみません、という気分でせめてものお詫びに水をコップに注いで出す。ちらりと僕の顔を見た渡嘉敷さんは、なにか言いたげに眉を寄せて見せた。

「ねぇ。このレシピ作ったの誰？」

　もちろん僕です、すみません。と、素直に手をあげかけた。

「このレシピさ……」

「……です」

　何か言いかけた渡嘉敷さんを遮《さえぎ》るとても小さな声の気配。ふりかえると、井上さんがくしゃっとした顔でこちらを、というより渡嘉敷さんを見ている。岸本さんが通訳するように口を開きかけると、井上さんは自分で言います、というように首を横にふる。

「ふつうは……凄いです……」

　井上さんはかすかにふるえた声でそう言った。

　岸本さんが力強くうなずいた。

「僕もそう思います。はじめは正直派手さがなくて、いかにも練習用のレシピだなって思ってしまったんですけど」

岸本さんは申し訳ないというように眉を下げる。

「でも、毎回作っても飽きないんです。普通においしいです。それに、毎回、少しだけちゃんと上達できる。これなら、ひとりでも続けていける自信があります」

僕は何も言えなかったし、動けなかった。ただ、ふたりが言ってくれた言葉を噛みしめる。それは、僕がみんなに伝わったら嬉しいと思っていたことだった。おいしいビリヤニとはなんだろう。こたえはたくさんある。ハレの日の食べ物であるビリヤニだからこそ、貴重な食材やたくさんの手間をかけてどんどんおいしくさせたいと考えたりもした。ずいぶん悩んで、ふと、坂下さんに言われたことを思い出した。僕だから声をかけた。そう言ってくれた。ならば、僕の思うおいしいはなんだろう。それは家族や友人と、ときには自分のためだけに、いつもの味のおいしいものを食べることだった。写真にも残らないほど自由に気楽に作って食べる。毎日のほんの些細な楽しみにしてもらえたら幸せだと思ったのだった。

まじまじと井上さんと岸本さんを交互に見ていた渡嘉敷さんは、スプーンを置いて頭をひと掻き。

「言い方悪くてごめん。その、私、勢いで喋るから説明が下手くそで」

すぅっと視線を調理台に動かして、なんだか懐かしいものをみつけたように少し目の力をゆるめる。そこには、さっきまで築山さんがスパイスを調合してくれていた名残がある。

並べられたスパイスの入った瓶、計量スプーン、そして何度も配合を計算してくれたメモ。渡嘉敷さんの目を僕は知っている。蒸し暑い夏の日、中村や学校のみんなと一緒に何度も何度もスパイスを調合して、おいしさを追求して、わけがわからなくなっても離れられなくて、そういうことを思い出すときに皆同じ目をしている。

「わかってる。普通においしい。それって、尊いよね。……ツキちゃんがやりたかったのは、こういうことなんだろうなぁ」

　再びスプーンをとった渡嘉敷さんは大きく一口頬張ると、

「ツキちゃんの薫りがする」

「スパイスは築山さんがいつも用意してくれます」

「だよね。そうじゃなければここまでおいしくない」

「で、ですよね……」

　助言を受け取るべきだと頭を下げると、渡嘉敷さんは再び頭を掻く。

「いや、けなしたわけじゃなくて。あのね、このレシピは案外難しいんだよ。シンプルだからさ。違いがすぐにでちゃう。ツキちゃん、スパイスの扱いは私なんかよりずっと上手なんだよ。だからまとまってる。ツキちゃんそう言ってなかった？」

　言われて思い出したのはレシピを渡したときの築山さんの表情だった。そのときから気づいていたのにそっとサポートしてくれていたのだ。

「ちなみに味付けはツキちゃんしてないでしょ？」

確かに。味付けの肝になりそうな作業に築山さんは決して手を出さなかった。岸本さんと井上さんを育てるつもりで任せてくれていたのだろう。

「ツキちゃん、味付けは正直やばいくらいに下手なんだ。絶対に、任せない方がいい。絶対」

な、なるほど。そんな築山さんの秘密を漏らした渡嘉敷さんは再び嘆き出す。

「あぁ～、もう、なんでツキちゃん帰っちゃったんだよぉ」

「あの、多分、それは僕のせいで」

先ほどの出来事を渡嘉敷さんに説明する。

「だから……。正直、築山さんが次も来てくれるかわからなくて……」

渡嘉敷さんが築山さんに伝えたいメッセージがあるのであれば、協力したいところだけれど、僕も同じような状況だ。絶対に築山さんに会って伝言を伝えられるとは言い切れない。

「あ～」

渡嘉敷さんは、考えるようにつぶやいた。

「やっぱり気にしてるんだなぁ。……あのね、それわたしのせいだと思う」

そうして、渡嘉敷さんはどうしてここに来たのか教えてくれた。

ゆっくりと語り出した渡嘉敷さんの声を聞きながら、窓を少しだけ開けた。カーテンが風に揺らぎ、外の気配が流れ込む。柔らかい冬に陽射しが差し込んで、僕たちのいる場所まで届く。築山さんも、今この穏やかな陽射しを味わうことができているだろうか。空を眺めることができる気持ちになってくれていたらいいなと思った。

渡嘉敷さんと築山さんは幼なじみで、渡嘉敷さんが沖縄に引っ越すまではずっと同じマンションの隣同士に住んでいたそうだ。

「お互い食べるの大好きだし、食の好みも合うし、わたしが調理師専門学校卒業したあとに一緒になんかやろうよってなって。鍋ひとつで作れるビリヤニなんて面白いかってキッチンカーはじめたんだ」

主に気の向くままに調理するのは渡嘉敷さん。そこに、築山さんの調合したスパイスを加えていく。築山さんがはじめたブログに毎日作るビリヤニをアップしていたらじわりじわりとSNSで評判になり、お客さんが増えていった。

「私はそれで単純にモチベあがってさ、他の店にないもんどんどん作るぞ～って、創作意欲湧きまくりのふかしまくり。メディアの取材もたくさん来てさ。ツキちゃんが恥ずかしがるからわたしひとりで受けて、宣伝もしまくって、それで」

SPICE TIME MOONはあれよあれよと界隈では有名店になっていく。

凄い凄いと言い合って笑っていたのはそれほど長くない。突然の人気に、キッチンカーは連日大行列。

「SNSのコアな層に運良く響いたみたいでさ。どんどん忙しくなって、ひとつだった鍋をふたつに増やして、日替わりはなくして週替わりメニューだけ。だんだん新しいメニュー考案する時間もなくなってさぁ」

僕たちの店は休日のランチタイムをのぞいて行列することはめったにない。そんな風に爆発的な人気になる気配すらないけれど、鹿野さんのお店を手伝ったことがあるからその忙しさはわかる。あれが毎日となるときつい。

「いや、わたしはどっちかというと楽しくて。母方の祖父母から受け継いだ大阪《おおさか》商人の血が騒ぐって言うの？　売って売って売りまくるぞ～ってアドレナリンでまくり。なんならコスパを良くして利益率をもっとあげたるぞっていうくらいに稼ぎ倒したかった。お金って大事でしょ？」

でも、ある日、簗山さんは言ったのだ。

トカちゃんは、誰のために作ってるの？

丁度、実店舗を持たないかと常連客の人に声をかけてもらったところだった。寝る間も惜しんで、客の回転率や内装費用を計算していたのだった。

「私さ、むかついちゃってさ、何でわざわざこんなタイミングで言うのって思ったわけよ」

渡嘉敷さんはこれまでよりも大きく口をあけ、スプーン山盛りのビリヤニを頬張る。小さな息を鼻から吐く。

「わかってたんだよ。ツキちゃんがわたしよりちゃんと店のこと考えてくれてるって。調子にのって売り上げばっか見てるわたしと違って、ツキちゃんはお客さんに食と一緒に元気をあげたいっていつも言ってて……。どんだけ忙しくても笑顔でさ、次から次にお客さんを流していくんじゃなくてさ、お客さんと一緒に店を作っていきたいって……」

さらに大きな一口を頬張って、おいしい、と洟《はな》をすする渡嘉敷さんに井上さんがそっとハンカチを差し出した。

「わかっててさ。でも、わたし、無駄に負けず嫌いで、ツキちゃんにならいくら我《わ》が儘《まま》言ってもいいって甘えもあって言っちゃったんだよ」

渡嘉敷さんはひと息つくように窓の外に目をやった。ただ爽やかに広がる青い空がそこにある。どこかへ行ってしまった言葉を探すように、ゆっくりと瞬《まばた》きし、それから小さな言葉を落とした。

「作ってるのはわたしだよ。人の店のやりかたに口出ししないでよ。ツキちゃんなんて、ただアイディアたまに出してくれればいいんだよ。重要なのはわたしの料理なんだから。その分の給料は払ってるじゃん」

さすがの僕も言葉に詰まる。

「それは、言っちゃだめだよ……」

「……ひどいですね」

「僕も人間関係の整理を考えます」

「あぁぁぁぁぁぁぁぁぁぁぁ！　消えたい！　わたしという存在ごとあの言葉を消したい！」

頭を抱える渡嘉敷さんにかける言葉がみつからない。僕たちの店における役割としては、確かに僕はシェフだけどとても自分ひとりで店をまわせるとは思っていない。だけど、渡嘉敷さんの話が僕には関係ないことだとは言い切れなかった。中村は、どう思っているのだろうか。自分が作らないことで、変な負い目を持ったりしていないのだろうか。今はまだきっと大丈夫だ。だけど、そんな風に目をそらし続けていいものだろうか。そう思ったら焦ってきて、なんとかふたりの力になりたくなってきた。

「と、とにかくあやまりに来たんですよね？　なら話きいてくれるんじゃないですか？」

「……こう見えて、私、ツンデレじゃん？」

なるほどなるほど？

「昨日も朝一で電話したんだけど。謝るつもりが色々絡んでしまった……。学校遅れるからって最後切られた。だから、そんならと思って学校探し当てて来たのに～。私の負けず嫌いが邪魔してしまう～っ。いっそ勝負事じゃないと素直になれんっ」

渡嘉敷さんが見事にジタバタと手足をふりまわす。

「勝負事を通じてなら素直になれるんですか？」

「なんか戦うと、毒気が抜けるし、妙に素直になれる」

どうやら生粋の勝負師らしい。でも、勝負と言ってもじゃんけんというわけにはいかないだろうし。

「あ！　いい勝負を思いつきました」

岸本さんが明るい声をあげた。顔をあげた渡嘉敷さんは初めてまともに岸本さんの顔をみたようで、海の向こうの珍しい生物をみつけたかのように目を丸くする。

「……ってなにこのイケメン!?」

岸本さんはその言葉をさらりと受け流すイケメン力を見せつけつつ、続ける。

「僕、あさって彼女と彼女の友人たちとピクニックに行くんですけど」

「うん」

「コロッケ死ぬほど食べたいって彼女が言ってたんです」

「うん？」

「コロッケを誰がたくさんつくれるか対決しましょうよ」

「いや……」

それはちょっと違うのでは、と止めに入りかけた僕を尻目に渡嘉敷さんは目を輝かせた。

「いい。コロッケ！　死ぬほど食べるのに最適じゃん」

どうやら問題ないらしい。

「だけど、ツキちゃん、どう呼び出したらいい？」

しばし皆で考え込む。しばらくして、井上さんがそーっと手をあげた。

「……権力、使うのはダメですか？」

井上さんの説明を聞いた渡嘉敷さんはこれ以上ないくらいににんまりと微笑んだ。

「いいねぇ」

翌日の朝、今日のための買い物リストを確認し、メールで準備をお願いする。変なことになってきたなとは思ったけれど、どことなく楽しい。家の外に出ると冬の空気は昨日よりもずっと深まっている。勢いよく歩くと吐く息の白さが際立つ。大きく息を吸う。ひんやりとした空気が体をめぐると、新鮮な気分になる。築山さんは来てくれるだろうか。渡嘉敷さんとの関係はもちろん気になるけど、僕はやっぱり彼女に聞きたいことがある。道の向こうに続く街並の向こうの空で、重たく重なる雲が割れる。光がひとすじ下りてくる。陽射しのまぶしさに目を細め、ゆっくりとその方向に向かって歩き出す。学校の前についたときは、もう渡嘉敷さんが立っていた。待ち合わせた時間よりずっと早い。

「気になって、すごく早くついちゃったんだよね」

渡嘉敷さんの声が白い吐息となってとける。どれくらい前からいたのだろうか。強がる彼女の不安を改めて実感して、やれることを一緒にやりたいと強く思う。誰かの気持ちを無理矢理動かすことはできないけれど、気持ちを送りあうことはできるのだから。

トン、トン、トン。

扉をたたく小さな音がした。その音で、調理室の空気がわずかに動く。僕、岸本さん、井上さん、そして渡嘉敷さんが祈るように扉に顔を向ける。

「……あの、坂下さんに緊急で手伝ってほしいことがあるって頼まれて」

気まずそうに目をふせた簗山さんが顔をのぞかせる。井上さんの提案は、カレー予備校のイベントとして坂下さんを巻き込んだらいいのではないかということだった。話を聞いた坂下さんはちょっとした条件はつけたものの、すぐにカレー予備校の現役生に連絡してくれた。『明日はコロッケ食べ放題！（ビリヤニチームの皆さん、手伝いよろしく！）』。

権力万歳！　心の中で叫びながら、表面はできるだけ落ち着いた感じを保って、

「簗山さん、来てくれて」

ありがとう、と続けようと思ったのだけど。

「あーーーーっっ!!!」

簗山さんがこれまで見せたことのない顔をして僕の背後を指さした。そこには井上さんを盾にして隠れようとしている渡嘉敷さん。

「来ないでってって言ったでしょ！」

がしがしと部屋の奥に進み出した簗山さんを見て、観念したのか渡嘉敷さんも前に出る。

「あ、あのさ、わたし」

「帰って！」

口を開きかけた渡嘉敷さんを簗山さんが遮る。すごい勢いで渡嘉敷さんに手を伸ばそうとするかと見えた簗山さんをなだめようと、思わずふたりの間に挟まれるように立ってしまう。

「あの……落ち着いて、渡嘉敷さんは、簗山さんにあやまりたいって……」

「言われなくても帰りますーっ！」

えぇ〜、渡嘉敷さんも吠えだした。

「何その言い方!?」

「はぁ〜？」

「もう！　なにしに来たのよ!?」

ねぇ、ほんと渡嘉敷さんが素直になってくれないと訳わからなくて困りますよね、とあせる僕を挟んで、ふたりがぐるぐる回り出す。

「あんたが腑抜《ふぬ》けてるの見に来てやっただけですぅーっ！」

「こっちはこっちで楽しくやってるんですーっ！」

「楽しくぅ？　じゃあ店はどうするんですかーっ？」

「店は……」

築山さんの目の奥が揺れる。どんな記憶が流れていったのだろうか。静かに表情が変わっていく。どうして人は、大事なときほど、本当に言いたい言葉を言えないんだろう。

「もう、私はいいかなって……」

築山さんの中をよぎっていった記憶の欠片はきっと、渡嘉敷さんの中にも芽吹《めぶ》いている。ひとひら、ふたひらと花びらのように今も心の中をよぎっていっているのかもしれない。ふたりは、だけどどちらも肝心なことを言えずにおそるおそる目をそらしあう。

「勝負をしましょう」

僕は思わずそう口にしていた。

「え？」

きょとんとした顔で築山さんが僕をふりかえる。意味がわからないと首をかしげる築山さんを、渡嘉敷さんはようやくまっすぐに見つめて告げる。

「やろう。勝負しよう。連絡あったでしょ？　コロッケをたんまり作る必要があるんだから、それで勝負する。コロッケ手作り誰が一番速くて上手か選手権。店の将来をかけて」

築山さんは渡嘉敷さんをじっと見て、うなずいた。

「いいよ。3人でやろう！」

え？　3人？

「審判は？　岸本さんと井上さんでもいいけど、もっとシビアに勝負を取り仕切ってくれる第三者の方がいいよ」

　ええ？　3人？

「あぁ、それなら松本さんの友人が今日の買い出し手伝ってくれてるからその人に頼めばいいよ」

「松本さんの友人……。ひいきとかないかな。……まあ、大丈夫かな」

「大丈夫。やろう。松本さん、それでいいよね」

　やっぱり3人目は僕か。

　それに、友人は勝手に審判に任命されてしまったけど大丈夫だろうか。

「こんにちは」

　ちょうどそのとき、よく知っている声がした。噂の僕の友人の声だった。僕と中村が間借りカレーをやっていたときにお客さんとして食べに来てくれて、僕と中村が学校に通うきっかけをくれた人でもある。カレー予備校の同級生でもある彼女との出会いが、今日につながる色んなものを運んできてくれた。

「成宮さん」

　僕の声に成宮さんは柔らかに顔をほころばせ、さらりと長い髪を耳にかけながらうなずいた。

「ジャガイモたくさん買ってきましたよ」

成宮さんは皆と挨拶しあうと、あっさりと勝負事の審判を引き受けた。

「辛口モードでがんばります」

どことなくぎこちない皆の様子に成宮さんはきっと気づいたはずだけど、明るい笑みを浮かべてくれる。

「じゃあ、がんばりましょう！　カトゥレット作り」

「カトゥレット？」

僕と皆の声がこれ以上ないくらいに心地よくはもる。

「あれ？　違いました？　坂下さんからレシピもらったんですけど」

坂下さんがつけた条件はこれ。レシピは坂下さんが用意したいと言っていた。カレー予備校の生徒として勉強になりそうな内容をアレンジした結果だろう。カトゥレットはころんとした丸い形のスパイスコロッケだ。

「まん丸かぁ」

渡嘉敷さんが苦手そうにつぶやいて、想像上のカトゥレットを丸めるように手を動かす。

成宮さんはにこやかに下準備を進めていく。僕は成宮さんの料理が好きだ。隠れたところまでレシピに書かれた気持ちをくみ取るようにひとつひとつの作業に手を抜かない。できあがったものは決して派手ではないけれど、じんわりと優しい味がする。

その成宮さんがにこやかにジャガイモを茹でていく。茹でていく。茹でていく……。はじめに口火を切ったのは岸本さんだった。

「あの、僕は料理に関しては経験値および理解力が不足していることは重々承知しているんですけど……。ひとつ聞いてもいいですか？」

「もちろんです」

「これって何人分に相当するジャガイモの量なんですか？」

残りの僕たちも顔をみあわせる。皮むきを頼まれたゆであがったばかりの、机につまれつつあるジャガイモに目をやる。途中で数えることを諦めたけど、30は軽く超えている。

成宮さんはまだジャガイモを茹で続けている。

「あの。な、成宮さん。ジャガイモの数大丈夫？」

「あら？　私、もしかして茹でる量間違えました？」

成宮さんはあわてたようにポケットからメモ用紙をとりだして、材料を確認する。

「あっ、ごめんなさい」

あわてて頭を下げる成宮さんに僕らは「いいよいいよ」と優しくうなずく。

「さっき、生徒さんが運んでくれたジャガイモを受け取るの忘れてました。まだ半分残ってるのですぐとってきますね！　坂下さんからお預かりしたレシピ、１００人分だったんです」

100？　くらりときた僕の隣で、渡嘉敷さんがつぶやいた。

「ね、ツキちゃん。とりあえず逃げない？」

「そうだね……」

「だめです。ここまできたら一蓮托生《いちれんたくしょう》です」

カトゥレット作りの山場はまだまだこれからだ。勝負とか言っている場合じゃ……。

「じゃあ、そろそろ勝負はじめますか？　まずは見本にいくつか作っていただけると審査しやすいです。100人分となるとなかなか審査しがいがありますね」

そう成宮さんはたおやかに微笑んだ。こうして100人分のカトゥレット作り勝負がはじまってしまった。

不思議だ。つい先ほど、部屋に満ちていたギスギスした空気はすっかり消え去っている。ビリヤニをつくらないとという焦りも感じない。広々とした調理台にのせられた小さな丸みが世界の美しさを凝縮されたものだと思えてきた。つまり、苦しさを超えて無になってきた。なにも考えられずゆれる頭をはっきりさせようと、いったいいくつ丸めたのかわからなくなってきた手を休め、ずらりとならんだカトゥレットの種を眺める。築山さんが作ったものはそっと陽射しにかざしたくなるくらいにすべすべしている。渡嘉敷さんの作ったものは几帳面《きちょうめん》なきっちりとした楕円形《だえんけい》。するどい目つきで手にまぶした小麦粉の量ま

できっちりと、顔を寄せて確認していた。僕のは少々不揃《ふぞろ》い。だけど、

「0・5g重い気がする」

だんだんできあがりの重量を手のひらで予測できるようになってきた。神秘の世界にもう少しで行ってしまいそうだ。

「わぁ。皆さんすごいです。ほとんど完成です。あ、松本さん、そっちのボールの種も全部丸めてもらって大丈夫ですよ。じゃあ。そろそろ揚げていきます」

とにかく成宮さんの笑顔の力は強い。

岸本さんと井上さんが、作り続けられているカトゥレットの種を無心で成宮さんに渡していく。しゅわっ。軽やかな音とともにたち上る香ばしい薫りにまずは鼻が反応する。小麦の甘さ、油に絡まるクミン、ローリエのこくのある気配。ぐわんと脳がゆれる。倒れ伏す寸前だった僕の脳みそは、すぐさま匂いの正体をちゃんとみろと指示を出す。久しぶりに目的を持って開かれた目は、鍋に向かう。ふつふつと沸く油の中を泳ぐ誰が作ったのか簡単にわかるほど形や大きさがばらけているいくつものカトゥレット。みるみるいい色にそまっていく。視覚と嗅覚から入る情報が僕の中をかけめぐり同時に気持ちが戻ってきた。色んな窓を開いていけるようなすがすがしい気分がする。

「カレー、つくろうかな」

自然とそう思った。今の疲れを引きずったままでも、カレーをつくりたい気持ちがゆっ

たり立ち上がった。どのカレーだろう。体も頭も疲れている。仕上がりは少しさっぱりさせた方がいい。柑橘系《かんきつけい》の薫りを仕上げに加えるのはどうだろう。玉ねぎはしっかりとコクが出るまでがんがん揚げ炒めて、クローブとグリーンチリも欲しい気分。具材はやっぱり定番のチキン。下味はすっきりと。ナンプラーの風味をこっそり加えてもいいかもしれない。一口一口味わっていって、最後には。あ、レシピを書きたいな。もっとスパイスを練らないと。中村と話したい。色んなスパイスや具材があわさって、ささいな違いで全然違う味が生まれていく。今の、この瞬間の体に必要な味わいを覚えておきたい。

「あの、ひとつきいてもいいですか？」

真剣な顔で種を丸め続けている築山さんが言った。

「松本さんはなぜカレーが好きなんですか？」

渡嘉敷さんが、ちらりと築山さんを見る。何も言わない。

「スパイスは魔法だと思ったことがあるんです」

それが僕のはじまりの気持ち。カレーを作るようになって褒められて嬉しくてもっと上達したくなって進んできたけど、そのはじまりの気持ちを忘れたことはない。迷うことはたくさんある。中村とふたり新しいメニューを、どこにでも行けるような気分で考える。僕たちふたりが世界の主人公だという顔で試食して真剣になって明るくなるまで話し合う。中村も僕も少しだけ感じている。僕たちは、思いがけないほどおいしいものを魔法のように作りだせるわけじゃない。それは一握りの人だけだ。

「それでも、人の五感につながっていけるようなカレーを、作ることができると信じてみようと思って。そう信じさせてくれることがスパイスの魔法なんだと思います。だからやめられない」

　築山さんはなにも言わずにカトゥレットを丸め続ける。

「それが僕がカレーを好きな理由かな」

　少し迷ったけど、続けて問いかける。

「築山さんは？」

　築山さんはちらりと目線をあげた。その視線の先にいる渡嘉敷さんが種の入ったボールを築山さんの方に押しやる。ふたりとも手は休めない。築山さんは手の中で丸める種をにらむような表情のまま小さな声で言う。

「ビリヤニってひとつのお皿の上に、色んな味が重なっていくじゃないですか。ソースも、お米も、ライタも。カレー以上にひとつなんだけど、でも一口ごとに、スパイスを感じたり、ソースと白米のバランスで色彩を楽しんだり、作り手の描ける世界が多様だなって思ったんです」

　うなずく僕に、築山さんがかすかに笑ってみせる。久しぶりに向けられた笑顔であり、ぽとりと続く言葉のはじまりの合図でもあった。

「だから好きです。でも、私、作るのはそれほど上手じゃないから、だから、せめて食と一緒に元気をあげられるようなお店を作っていけたらと思ってたんだけど。トカちゃん、どんどん忙しくてひとりで悩むようになって。苦手なことを苦手だって言うことすら忘れてるみたいなトカちゃんに、そんなに自分を追い込んで誰のために作ってるの、どうにか私をもっと頼ってほしいって思ったんだけど。……特に何もできない私じゃダメだった」

心を持ち上げようとして、それが無理だったのだとわかる弱々しい笑顔を簗山さんが浮かべる。渡嘉敷さんはただじっと耳を澄ますようにうつむいている。

「最後のあがきでカレー予備校で腕を磨こうと思って。何か新しいことを生み出せないかな。私でもひとりで作れるようなビリヤニ生み出せたらいいなって。成長できないなら……、全部やめようと思った」

語尾が消えていった寂しげなその一言を追うように、簗山さんは視線をすっと天井に向け、たどるものを見失ったように視線をさまよわせてから足元に目をやった。

「成長って何の成長?」

渡嘉敷さんが唇をとがらせてそう言った。僕は首をぶんぶんと振る。ここにきてもツンデレのツン状態はまずいよ、と胃がきゅっと痛くなる。

「何のって……」

口ごもった簗山さんの眉間にしわが寄る。胃が、胃が痛い。

どうしようもなくあせる気持ちが抑えきれなくなり、つい口をはさもうと顔をあげると、こちらの様子を眺めていた成宮さんと目があった。成宮さんは穏やかに首を横にふり、微笑んだ。余計な口出しはするなということだろうか。でも、このままじゃ。成宮さんはもう一度にっこりと微笑んだ。その笑顔を見たのは僕だけのはずだけど、ふっと部屋が明るくなったような気がした。

そして、あふれた光に誘われるように素直な声が生まれた。

「ツキちゃんはそのままでいいんだよ」

渡嘉敷さんが手を動かしながら、ぼそりとそう言った。簗山さんは黙って自分の手元を見つめている。渡嘉敷さんは続ける。

「新しいこと生み出せなくたって、這いつくばったって、ビリヤニの神が微笑んでくれなくたって、だんだんビリヤニ好きなのかもわかんなくなってきたって」

ふたりでやれることをやっていこうよ、それでいいじゃん。

「いいじゃん、それで」

渡嘉敷さんはそうもう一度つぶやいて言葉を切って、ようやく顔をあげる。簗山さんの頬に、やわらかな笑みがこぼれる。渡嘉敷さんも笑った。部屋の中の陽射しはだいぶかげってきているはずなのに、沖縄の夏を想像したくなるくらいにあたたかさが部屋を流れていく。

「ビリヤニ、好きなんですね」

僕は昨日と同じことを再びたずねた。

築山さんは目を閉じて、覚悟を決めたようにうなずいた。

「当たり前です」

僕も一緒にうなずいた。ただ、ただ、うなずき続けた。

本当は、理由なんてわからなくても、どうしようもなく好きなんだ。

すべての作業がおわった頃には窓の外はすっかり日が沈み、外は暗くなっていた。調理台を片付けて、皆で席に着く。これまでにも何度か同じことをしてきているけど、空気は何かが違う。

「で、どうするんです、この量……？」

いくつもの皿にもられた100人分のカトゥレットは壮観《そうかん》だ。

「ね？　どうするんですかね？」

困ったように成宮さんが首をかしげた。香ばしい薫りは部屋に充満し、たまらなくなって僕たちはそれぞれ手を伸ばす。形はそれぞれ独創的。でも熱く、心躍らせてくれるスパイスは共通で、間違いなく魅惑の世界に連れていってくれる。

「おいしい」

全員の声が重なった。

同時に、

「坂下さんからの差し入れがあるってききました！」

「いただきます！」

「あっつっうわぁおいし！　これうわぁ疲れた身体に染みる」

学校中の、生徒たちが集まってきた。部屋中にあふれた笑い声はどんどん廊下にも広がって、たくさん食べて、たくさん笑って、完成したカトゥレットはほんの十数分でなくなった。岸本さんが彼女のために守り抜いた最後の1個をのぞいて。

「じゃあ、私はこれで」

飛行機の時間が迫っている渡嘉敷さんは、「片付け、ごめん」と謝りながら身支度を整え出す。

「下まで送ってくよ」

「いらんしっ」

簗山さんの申し出を乱暴に言い切った渡嘉敷さん。だんだん僕にもわかってきた。唇をとがらせたあの表情は照れているのだなと。そのままわざとらしく簗山さんから目をそらし、

「ん」

と渡嘉敷さんは何かが入った紙袋を簗山さんに押しつける。

「なに？」

「ん。じゃね。あ！　勝負は保留にしておいたげる」

そのまま走り出した渡嘉敷さんを瞬きしながら見送ってから、築山さんはゆっくりと袋の中を覗き込み、顔をほころばせた。袋から取りだしたのは陶器でできたすり鉢状のスパイスミルだった。

「わざわざ持ってきてくれたんだ」

よく使い込まれたその道具が奥に持っている大切な思い出を眺めるように、築山さんは優しくつぶやいた。

戸締まりを確認して事務所に報告するまで成宮さんはつきあってくれた。静かな夜の学校の空気は、嫌いじゃない。昼間は感じられない、学校を形作る気配のようなものが建物からにじみ出てくるような気がする。昼とは違う特別な時間の狭間にいるのだと思う。

階下に下りていくとロビーの照明は夜にあわせて光量が落とされている。成宮さんとこうやって学校を歩くのはいつ以来だろう。出入り口の扉を押し開けると、風が強く吹き込み成宮さんが髪を押さえる。その髪に、枯れ葉が1枚からみつく。丁寧にそっと葉を髪からとるその光景に、懐かしいと感じた。

「忙しいのにありがとう」

「いえ、楽しかったです。坂下さん、皆さんが頭空っぽになるようなことさせてやろうって企《たくら》んでて、それを聞いているだけで楽しかったです。それに、」

くすりと笑って白い息を吐き出した成宮さんは、まっすぐに僕を見る。

目があってしまう。

「松本さんに久しぶりに会いたいと思って、私が来たかったのが先ですよ」

びゅん、と冬の風があおってきたけれどほとんど寒さを感じなかった。

通りを歩きだす成宮さんの姿はイルミネーションがはじまった街路樹によくなじんでいて少しまぶしく見えた。


それから2日後、中村から新しいメッセージが届いた。

「お前、スパイスになっても大丈夫だよな?」

まったく意味がわからない。

インド編⑤～I LOVE SPICE～

あたしはとっても困っていた。

お祭りは好きだし、皆でわいわい集まってご飯を食べるのも大好き。問題は、うちの家族はあたしなんか足元にも及ばないほど、やっぱりイベントが大好きなことを忘れていたこと。

「そりゃ、スープパーティしようって言ったけどさぁ～」

家族にふるまうレベルで開催するつもりだったのに、お祭りが大好きなお母さんと叔母さんは、あっという間に一大イベントにしてしまった。あたしの手元にあるビラには黄色地に赤文字というド派手な組み合わせで「インド・ジャパン・カルチャーエクスチェンジ！　開催場所：ゲストハウス・フレンドリー」と華々しくアピールしている。さらにお母さんと叔母さんはふたたびなにやら大きな横断幕を用意して、一生懸命に広げようとしている。

「ご近所に話してまわったわ」

「おばあちゃんも広めてくれてるし、30人くらい集めたいわぁ」

「ねぇ。ほんとは300人は目指したいけど」

「目指したいわねぇ」

「300!?　ナカムラには我が家の家庭料理、つまり、日常を思い出してもらうような料理を覚えてかえってほしいんだけど？　そんなの全然日常なんかじゃないじゃないっ」

お母さんと叔母さんは驚いたように目を丸くする。そしてふたりは口をそろえて言った。

「これがうちの日常じゃない？」

ううっ。否定できない。ナカムラが来るというだけで横断幕をつくり、近所にビラまで配りに行くような人たちだ。気持ちよく食べて笑うためなら全力投球してしまうのだ。だからと言って細かなことなど考えてるわけじゃなくて、当日の料理のことなんてなんにも考えてない。

「みんなが集まってくれるならもっとちゃんとしたメニューを考えないと！」

「ちゃんと？」

ふたりは仲良く首をかしげ、「ちゃんとって」「なに？」と確かめ合う。

「ちゃ、ちゃんとはちゃんとだよ。ほら、この土地らしいとか、我が家のルーツがわかるとか……」

言いかけたあたしにお母さんはにこやかに微笑む。

「アンジェリー。私たちはどこにいたって何をしていたって私たちらしい家族じゃない」

そう言いながら、お母さんは横断幕を、ぱん、と空に向けて大きくはためかせた。同時に端を持った叔母さんがかけだして、淡い桃色の横断幕は青になじむようにあたしの視界いっぱいに広がっていく。光も風もたっぷりと巻き込んで桃色は舞い上がる。いつのまに撮ったのかあたしとナカムラが笑う写真が印刷されていて、陽射しのまぶしさにあたしは目を細めた。まあ、ナカムラが楽しんでくれればなんでもいいのかな。

とはいえ、料理はどうすればいいの。悩みつつナカムラを探しにお父さんの部屋に向かうと、どうやら先日ナカムラが命を削るいきおいで作り上げたマサラのパッケージを考えているようだ。

「日本らしさねぇ。そもそも日本らしさって俺よくわかんないんだよなぁ」

「私にとっては、まあ、日本といえばシカノですね」

「あの人は異色だ」

「なんと!? 日本人らしい日本人かと思ってました」

「いや……、もっと色んな人と交流した方がいいって……。お！ アンジェリー、ちょうどいいところに来た。なぁ、日本らしいパッケージってなんだ?」

それは案外あたしにとっても難しい。富士山《ふじさん》、桜、マンガに京都奈良渋谷《きょうとならしぶや》。色々あるんだけど、どれも「日本らしい」という風に消費されつくされているから、面白みは薄い。

しいて言えば、あたしにとっての日本らしさは、

「うーん、マツモト？」

あたしの返事はナカムラをより困らせただけだったようで、渋い顔で黙り込む。

「そんなことよりナカムラ。週末のパーティが大変だよ。一大イベントだよ」

「そんなこと!?　アンジェリー！」

へらへらしていたお父さんが急に身を乗り出す。やっぱぁ～、変なスイッチ入っちゃったかも。お説教でくたびれちゃうわけにはいかない。さっさと謝っておこうという素直な気持ちでいたんだけど、お父さんは思いっきりうなずいて言った。

「うん。確かに『そんなこと』だ。練習しなくてはね」

さすが我が父。やるとなったイベントには妥協《だきょう》しない。

「お父さん！　じゃあ一緒にメニュー考えて……」

「そんなことには興味ない」

「え？」

がばりと立ち上がると部屋の隅にかけていく。すっかり床に根を深く張っているような小物をかきわけて、積もったお父さんの歴史を掘り出していく。埃のつもったスノードーム、みたことのないアルバム、フライパンといったものを散らしきったその奥から、黒いギターケースが静かに顔を出した。

「お父さんはね、音楽を奏でてあげよう」

そう言ってお父さんはとりだしたばかりのアコースティックギターをかき鳴らす。ガギャーン。きっと正解とはほど遠い音がした。

「いや〜。ナカムラさんと色々な知識をまぜてふくらませて、スパイスをひいていたら久しぶりに弾きたくなったよ。こんなに人と向き合ったのは久しぶりだからね。ナカムラさんに捧げる曲を」

ガギャーン。お父さんの鳴らす硬い手触りの音は少しだけ懐かしい。イギリスにいたころ、おじいちゃんのお店の片隅で時折お父さんはギターを弾いてくれた。その隣ではおじいちゃんがスパイスを挽《ひ》いている。硬い金属にホールスパイスがつぶれる音と、お父さんの決して上手じゃないギターの音は奇妙に形よくあわさってあたしは嫌いじゃなかった。イギリスから戻ってきてから、ううん、おじいちゃんがいなくなってからほとんど触っていなかったギターは音なんてめちゃくちゃなんだけど、見えない気持ちをなんとかしたいお父さんの心をひとかたまりにぶつけてくる。それはきっと、ナカムラのため。

「曲名はI Love Spice」

ぞくぞくした。むずむずした。それ以上はお父さんの名誉のために言えないけど。とにかく週末に向けて、みんなが自由になっていく。

「アンジェリー」

ずっと黙り込んでいたナカムラがにんまりと笑みを浮かべる。

「パッケージも料理も一気に解決できるすんげぇアイディア思いついた」

「なになに？」

張り切るナカムラのアイディアに頭が痛くなる気はしたんだけど、もうあたしもわりと限界だったっぽくて、面白ければいいかなって決めちゃった。

第6章　僕たちのビリヤニ

「お！」

「おぉ」

　オンライン会議ツールをつなげた画面に中村の顔が映る。こうやって画面越しに顔をあわせるのは妙に照れくさい。直接会うよりも僕の全部が映ってしまうような気がしてそわそわする。それに、顔を合わせるのはほとんど2週間ぶりだ。

「で？　俺がいない面白くない生活を楽しんでるか？」

「面白いよ楽しんでるよ」

　そう言い切るのにためらいはなかった。みっともなさに向き合うことは多々あったけど、同時に、どれだけ必死に進んで行っても僕だけでは知り得なかったことを受け取ることができた。たった2週間で劇的に変わることはそうそうないだろう。だけどたしかに、僕の方では色々あったたし、中村の表情も旅立つ前とくらべてやわらかい。目の前の出来事を存分に楽しんでいるようだった。

「まぁ、とりあえず僕はやっぱりカレーが好きだと実感した」

「なんだよ。2週間分の報告がそれだけかよ。たいくつなやつだなぁ」

「中村、失礼さ増してない……？」

「俺は人生観が変わると言われるガンガーの朝焼けを見た男だからな。ま、俺もカレー作るけどな」

「え？」

思わずききかえした僕に中村は「だーかーらー」と軽やかに節をつけてこたえる。

「作るんだよ。ばあちゃんのスープと俺らのカレーあわせた感じのやつ。アンジェリーと。ま、アンジェリーほとんど料理できないらしいから実質俺がやらねばだな」

「中村が？」

「そ。話すと長いけどいわゆるガンガー効果としておこう。お前のレシピ勝手に使うから」

「……そっか。そっか。うん。ガンガーすごいな」

わだかまっていたみえない何かがほぐれてめぐりだしたのか。2週間は決して長くないけれど、こつん、と僕たちの中にある何かに小さな響きを与えてくれる長さなのかもしれない。そのささやかな衝撃に耳を傾けるかどうかは僕たち次第。少しずつ水面に浮かび上がってきていた中村は腹を決めてその流れに飛び乗った。こんなに時間をかけて馬鹿だゆるすようれしい。同時にあらゆる感情が流れ星みたいに飛び交って笑えてくる。目尻をぬぐって笑う僕に中村が困ったような顔で笑いながら無音で口を動かした。ばかだなー。そう言った気がしたけど、それもゆるす。

「でさ、お前も俺の超絶カリスマ的な料理を食べる皆の笑顔を見たいだろ?」

「今の言葉に訂正を求めるべき点はあるけど……、まあ、見たいね」

と返事をしたとたん、ちょっと後悔した。

中村が大変意味ありげに、にんまりと笑ったのだ。

「松本さんのお店の共同経営者である中村さんが主催するインド・ジャパン・カルチャーエクスチェンジで、私たちがビリヤニを作る」

「そう」

「オンラインで」

「そう」

「そのビリヤニを日本から届きたてのイリュージョン・ビリヤニだっていってその場でふるまう」

「そう」

「実際には裏で同じビリヤニを仕込んでいる」

「そう」

「断っちゃダメですか？」

まっさらな笑顔で簗山さんに返された。

恥ずかしさの極み。

「色々あって断り切れなくて……。無理だったら僕ひとりでなんとか」

と頭を下げる。

「あの。まさかこのシナリオ通りにやるわけではないですよね……」

岸本さんが顔を引きつらせる。あぁ岸本ファンにはきっと垂涎《すいぜん》の的の貴重な表情だ。その岸本さんの手元にあるのは中村が送ってきた「台本」。脇から覗いた井上さんは、私物をまとめてそっと鞄を抱えた。

「……お世話になりまし」

「い、井上さん、待って。大丈夫だから。その台本の件ははっきりしっかり断ったから。大丈夫だから！」

「……それなら」

と井上さんはほっとしたように鞄を下ろす。

「うう一ん。これ断ってくれたんなら仕方ないかぁって思います。簗山さんも読んでみます？　色々盛りだくさんの内容なんですけど、とりあえずラストは僕と簗山さんは中村さんに力を送るためにビリヤニ・ダンスを踊ることになります」

「ビリヤニ・ダンスって何？　面白そう。……。……」

中村の台本に目を通した築山さんは絶句《ぜっく》し、震える手で口元を押さえた。恐ろしいほどの破壊力だ。3人の心をやすやすとなぎ倒し、結局、謎のイベントでビリヤニを作ることへのハードルを下げることに成功した。これも作戦だったのだろうか、と昨夜中村が目を輝かせて自慢げに台本の内容を説明していた姿を思い返す。「俺ってこういう才能あるんじゃね？　天才だな」と、うははと自称天才は満足げに笑っていた。うん。作戦じゃないな。

「で、どのビリヤニ作ります？」

築山さんの問いに岸本さんが首をかしげる。

「僕たちのビリヤニでいいんじゃないんですか？」

井上さんがうなずくと、3人は僕を見る。窓から入る柔らかい光が皆の髪にあたり、やわらかな影を落とす。静けさが満ちる。

「うん。僕たちのビリヤニを作ろうよ」

窓から気持ちの良い風が吹き込んできて、カーテンを揺らす。冷えた空気は心地よく僕たちの間を流れていく。大丈夫、と僕は思った。ひとりひとりを目で追いながら。

作ることには楽しいだけじゃない側面は必ずあって、不安に埋もれることも顔を歪《ゆが》めてこらえるようなことだってある。はじめは、皆がビリヤニをどれくらいどんな風に好きなのかわからなかった。聞き出そうにも僕は上手く聞くことができなかった。

これでようやく前に進める。

みんなでビリヤニを作れる。

「うん、作ろう」

「なんで2回言うんですか」

築山さんの声に、皆が笑った。

インド編⑥～新しい味はいつだって～

あたしは感動していた。謎のインド・ジャパン・カルチャーエクスチェンジの朝、あたしとナカムラはふたりでスープを作っていたのだ。料理をするナカムラの手つきはスムーズで決して「苦手」というレベルではないことがわかる。音をたてずにするするとジャガイモの皮を剝き、フライパンの粗熱《あらねつ》をとるためにしっとり濡れた冷たい布巾を事前に用意する。きめ細やかで滑らかな見たことのないナカムラの姿に、あたしは思わずにやりとしてしまう。知らなかった一面に出会えて嬉しいのだ。

おばあちゃんのスープの上書きはマツモトが作ったというレシピを使う。あまり料理は得意ではないあたしだけど、それでも食材やスパイスの組み合わせが新鮮だった。

「カシミールカレーっていう南インドのカレーをベースにアレンジしたんだ」

具材のジャガイモ、チキンを一口より小さいくらいに切りそろえていく。お料理はできるだけ素材を同じ大きさに切りそろえていくのがこつらしい。ふむふむ。みるみる切りそろえられた食材がお皿に盛られていく。まっすぐに進む作業を見ているだけでとても楽しい。

「丁寧だね」

「そうかぁ？　まぁ、アンジェリーいわく日本顔の松本が考えたわけだからな」

「ううん。ナカムラが」

あたしがよく知っている料理の作り手はお母さんとおばあちゃんだけだけど、ふたりとは全然違う手つきでナカムラは調理している。なめらかで丁寧で、そしてこわごわと。こわさは不慣れなことから生まれているわけじゃないのだと思う。いつも自分のことを「俺は料理できない」と笑ってごまかすナカムラが、どれくらい料理が好きだったのか、どうして作るのをやめちゃったのか、そういう根っこの部分にからまっている。

「まぁ、俺にもなかなか思い入れのあるレシピだから。これ、店をはじめるときに考えたやつなんだよ」

キッチンにはあたしとナカムラ以外誰もいないんだけど、もっと違う気配がした。早寝のあたしの知らない深夜。ひとつひとつの料理を味わって懐かしい味を探していくナカムラと、誰か。まるで置き忘れた魂をみつけようとしてるみたい。そんなまぼろしの気配。

「うん。ま、こんなもんかな。どう？」

ためらいがちに小皿をあたしに差し出したナカムラは、ぎょっとした顔をする。勝手な妄想におもわず泣きたくなったあたしが、むん、と顔中に力を入れていたからだ。

「ごめん。ちょっと考え事してた」

「そんな限界までまずそうな顔になる考え事はやめとけよ。食あたりおこすぞ」

ナカムラが差し出してくれた小皿を受け取り、あたしは気づく。こうやってナカムラと過ごす時間の残りはずいぶん減ってきているのだと。

「ね、ナカムラ」

あたしがとってもいい感じの表情でいい感じのことを言おうとしたとき、

「あぁ～、おいしい匂いするーっ」

「あぁ～、ほんと」

お腹をへらしまくりのお母さんと叔母さんが転がり込んできた。まじなんなの。

「ちょーだいちょーだい。ん。うん。悪くない」

「ん。なかなかじゃない、このスープ」

だからなんなんこの人たち。ナカムラが作ってくれた尊い料理に平凡な感想をおかないでほしい。

「んーでもちょっと甘みが足りないかぁ」

「そう！　それそれ。あ、あと酸味」

普段はぼんやりやなお母さんと叔母さんなのにこういうときは異常に動きが速い。とめる間もなく、得体の知れないものをナカムラ特製カシミールスープに放り込んだ。

「ぎゃうっ」

乙女にあるまじき声をあげてしまったよ。

「なんなん？　なんなん、あんたたち!?　あたしまだ食べてないのにーっ」

「えぇー？　きっとおいしいよ？」

「ねぇ。おばあちゃん直伝だよ。食べる人に必要なものを足す」

「んじゃー、仕方ないな」

ショックで声もだせないのだろうと思っていたナカムラは、微塵の憂《うれ》いもない朗らかな声でそう言って、にこにことしている。

「いいの？」

「いいよ。松本のレシピを俺がアレンジして、さらに上書きされたわけだ。ばあちゃんが言ったとおりだ」

絶対におばあちゃんが言っていたことと違うと気づいてはいたけど、ナカムラの顔を見ていたらなんだか馬鹿馬鹿しくなってきた。

「ね、ナカムラ」

「ん？」

「料理、楽しい？」

「うん。思ったよりずっと楽しかったわ」

今はそれだけがナカムラの中にあればいい。

楽しいという気持ちはきっといつでも最強の武器になる。あたしは手に持ったままだった小皿の中のスープにようやく口をつけた。

「かっらぁ〜っ」

「だから言ったじゃない」

叔母さんの声をあたしはいさぎよく受け入れるしかなかった。

第7章　いつか出会う味

調理室に小さな足音が近づいてくる。そっと扉を開けたのは井上さん。僕がいるのをみて、驚いたように目を丸くする。

「早いですね」

「うん」

調理台をふきながらこたえる。

「最後だからね」

井上さんは静かに微笑んで、ぺこりと頭を下げた。

「え、いやいや」

慌てて僕もお辞儀《じぎ》をし返す。

「何してるんですか？」

そっと聞こえた新たな声は岸本さん。

「松本さんが、最後なのでご挨拶を」

「あぁ！」

そう言うと岸本さんも井上さんにならって頭を下げる。

「いやいや、あの」

さすがにふたりに頭を下げられると頬が熱くなる。ぽっとしてしまう。中途半端に恥じらうような笑いを浮かべてしまったとたん、ふたりの背後から「え……何してるんですか？」と少々引き気味の声がやってきた。簗山さんだ。

「あの、松本さんが最後なので……」

「あぁ」

「あの、も、もう大丈夫ですっ！」

思わず悲鳴に近い声をあげた僕に、簗山さんはからりと笑う。

「仕方ないですね。じゃあ、準備はじめましょうか」

言いながら、鞄からとりだしたのは渡嘉敷さんが持ってきてくれた陶器製のミルだった。ことり、と大切そうに調理台に置く。よく使い込まれていて元の乳白色に様々な色が重なってなんとも言えない色彩になっている。でも、窓から差し込む冬の淡い光にとけこむような鈍いかがやきは、この折り重なりがなかったら生まれないだろう。

「きれいだね」

「これがあれば、私のスパイスはどこにでも行けるんです」

つながったオンラインの向こうから、まずは歓声となにやらギターらしき不協和音《ふきょうわおん》が聞こえてきた。

「お！　ちゃんとこっちの声聞こえるかぁー？」

明るい声とともに画面いっぱいに映るのはもちろん中村だ。

「まぁまぁかな」

「ん？　もっと声張った方がいいかな？」

「いや、じゅうぶ」

「どーもぉ！　中村でーすっ」

むしろでかすぎる。

「ほら、アンジェリー。こいつが松本」

そう言って中村はひとりの女の子をひっぱりだす。大きな瞳が印象的な女の子は「え？」と驚く。照れたように両手で頬をおさえてぺこんと挨拶する姿がかわいらしい。

そしてあっという間に画面の外に消えてしまった。

「あとアンジェリーの家族」

中村の雑な紹介に、後ろにうつっていた人たちの何人かが大きく手をふったり、綺麗におじぎしたり、飛び跳ねたりした。なんだかとても楽しげな家族だ。まあ僕だって遠慮している場合じゃない。

「ビリヤニチームの、井上さん、岸本さん、そして簗山さん」

僕の横に立つ順に紹介していく。それぞれが頭を下げるたびに「おぉ〜！」と歓声が画面の向こうからあがる。まずい、これ向こうと同じくらいにこっちも盛り上がった感じ出していった方がいいんだろうか。

「いや、あのテンションについていくのは私でも無理ですよ」

簗山さんがささやいて、他のふたりも強くうなずく。よかった。僕だけの問題ではないようだ。

「さーて、諸君。それでは中村さんと愉快な友人たちでお送りするインド・ジャパン・カルチャーエクスチェンジ。はじめたいと思いまーす。準備はできてますかー！」

そんなサブタイトルがついていたとは聞いてない。

「あの人すごいですね」

岸本さんがしみじみと言う。

「松本さん、いつも頑張ってるんですね」

井上さんがなんだか気の毒そうに見てくる。

「私、はじめは松本さんはトカちゃん側の人かと思っちゃったんですけど……。どちらかというと私側ですね」

「中村と渡嘉敷さんが組んだら凄そうだよね。……阻止《そし》しようね」

築山さんと強くうなずき合う。

さて、得体の知れない中村のイベントに事故のように巻き込まれてしまったとはいえ、やると決めたからにはちゃんとやる。僕たちが頼まれたのは、ビリヤニのライブ・クッキングだった。

「じゃあ、はじめようか」

とんとんとん、とゆっくりと心地よい音をたてて岸本さんは玉ねぎを繊維を断つように刻んでいく。少し太めではあるけど、最後までできるだけ同じ幅。そうぅっとつまみあげてボールに移す。ひと息ついて、眼鏡を直す。とたんに、画面の向こうから、はぁ〜、というほんわりとした声が漏れ聞こえた。画面の中村のすぐ後ろに、女性陣が集まってきている。どうやら岸本さんの魅力は世界級らしい。

岸本さんが一気に玉ねぎを鍋にいれると、じゅわぁぁ、という心地よい音がはねると同時に画面の向こうからも歓声があがる。湯気が立ちのぼりはじめた途端に今度は拍手。観客の皆さんの反応が見事すぎる。トップバッターを岸本さんにしたのは大正解だった。もしかしてこの2週間で一番の采配《さいはい》ではないだろうか。

「玉ねぎはこのまま深く色づくまで炒め続けます。では次はライス」

まだ拍手が鳴り止まない。そこでちょっと心配になる。井上さんに過剰《かじょう》なプレッシャーがかかるのではないかと。

　井上さんは静かに、とても優雅に米を研ぎ出した。指先だけですくうようにさらりさらりと、水を纏わせる。画面の向こうが徐々に静まっていく。皆の視線が引きつけられていく。そのまま浸水する。はずだったけど、井上さんが動きをとめる。

「井上さん？」

　みかねた築山さんが声をかけると、ぱっと勢いよく顔をあげ、その表情には米のために大切なことを探ろうとする井上さんの使命感がありありとあふれていた。

「あの」

　画面にぶつかりそうな勢いで井上さんが身を乗り出す。

「このあとお米を茹でていくのですが、どうしたらお米が傷つかないですか？　どうしてもお湯の中で割れてしまうことがあって」

「？」

　画面の向こうでのかすかなざわめきのあと、中村が通訳している声が聞こえた。

「割れる？　かしなさい」

　年配の女性が英語で喋る声が聞こえた。「おばあちゃん!?」アンジェリーが驚きの声をあげる。井上さんと同じくらい画面いっぱいに顔が映される。くっきりとした瞳はゆるがない強さを持ってこちらをにらみつけている。

「あ、謝ったほうがいいのかな」

築山さんのささやきに井上さんが猛烈な勢いでうなずく。だけど恐怖で言葉が出てこないようだ。

「あ、あ、あの……」

「踊りなさい」

「え?」

「あなたが一緒に踊る気持ちで沸いた湯の中に米をいれてあげなさい。狭いダンスホールでは足が踏まれて痛いでしょ。それと同じ。米同士がぶつからず軽やかに踊れるくらいの水を弱い火にかけてあげなさい。私はそうしてます。けれど正解はない、というのが私にとっての真実です。あなたが自分のため誰かのための料理に必要だと思ったものはどんどん試してみなさい。上手に響き合わないときも確かにあります。そのときはまた次をつくればいい」

井上さんは高揚感《こうようかん》でほんのりと頬をそめた顔で、ひたすらにうなずき返す。

画面の向こうのおばあさんは、気難しそうな顔を一瞬ゆるめ柔和《にゅうわ》な笑みをこぼした。

「僕も何か質問してみようかなぁ」

うらやましそうに岸本さんがつぶやくと、その意味を察したのか、画面の向こうの女性ふたりがぐいぐいと前に出てくる。「ちょっと、おかぁさんとおばさぁん……こっち戻ってぇ……」アンジェリーがつぶやいた。あっちはあっちで、色々と大変そうだ。岸本さんの肩をぽん、とたたいて築山さんが前にでる。

「残念。次は私と松本さんの番だから」

スパイスは僕と築山さんの担当。まずは僕の作業からだけど、もう手は動かしはじめている。クミン、カルダモン、フェンネル、クローブ、シナモンといったホールスパイスをフライパンでから煎りする。

「意外と火強めなんですね」

感心したように築山さんがつぶやいた。

「うん、なんていうか、こう。乾かすイメージで」

「乾かす、なるほど」

築山さんがノートに「かわかす」と大きくメモをとる。初日に見せてもらえなかった築山さんのレシピノート。そこには学校で学んだことをどうやって沖縄に戻ってから活かすかぎっしりと書き込まれていた。「キッチンカーをやっていることは隠しておこうと思ってたから」と照れたように築山さんは笑った。それでも隠しきれず漏れでてしまう愛のこもったレシピノートに、僕の作り方も興味を持って記録してもらえると、感動するというか僕も頑張ろうという気になってくる。手はとめず、目と鼻もしっかりと働かせ、一瞬の気配を見落とさない。しゅわっと、水分が蒸発するように見えたら築山さんに交代。築山さんは煎った直後のスパイスをさらりとつかみ、ミルにいれて挽いていく。

今度は僕が感心する番だった。

「意外と粗めに形を残すんだね」

「そうです。カレーと違ってビリヤニはスープ状ではないので、粒が粗くてもそれほどテクスチャーは気にならないし、なにより」

「薫り、すごいんだろうな」

「そうなんです」

はじまりのときから築山さんが調合するスパイスの薫りは特別だった。それが、今日は一段と高まっていく。渡嘉敷さんが持ってきてくれたミル。手をつかってスパイスを生み出そうとしている築山さんは本当に楽しそうに歌うようにスパイスを挽いていく。リズミカルなその音は心地よく、あっという間にスパイスはまざりあい挽かれていく。築山さんは手をとめることなく鍋に油をいれ、スパイスを投下。スパイスたちは滑らかに練られ、艶がでてきた。さっとすりおろしたガーリックとジンジャーが加えられ見事に一体となっていく。艶も色も、そしてもちろん薫りも。立ちのぼってくる薫りを味わいながら、いつまでもこうして楽しんでいたいと思った。なんかもうふわふわする。薫りに酔うような僕を築山さんはくすりと笑うと、

「私、はじめに松本さんが薫りを褒めてくれたとき、実はあまり納得いってなくて」

ぽつぽつと話し出す。

「いつもの道具を使えば、もっと上手くいったのになぁって思ってました。トカちゃんとか松本さんはそれほど道具にこだわらないじゃないですか」

「え？　そんなことないよ」

馴染んだ道具はやっぱりどこか違う。さすがに鍋一式を店から持ち出してくるようなことはしなかったけれど、いくつかの道具は連れてきた。

「木べら」

調理台に置いてある僕のへらをしめす。

「あれ、母親がずっとカレー作りに使ってて、店を始めるときにもらったんだ。炒めるときの感覚が、なんていうか、鍋とつながるように上手くいく。というか、上手くいくって自分に暗示をかけているのかもしれないけど」

「あ、同じだ。これ、小学生の頃に近所の道具屋さんで見つけて、つるんと丸い可愛さに訳もわからず一目惚れして。毎日毎日眺めてたら、誕生日にトカちゃんが買ってくれたんです。あの頃からつながってるんだなぁって思いながら、スパイスを挽くと全然違うものになるんです」

ふつふつと煮立ちだした鍋の火を弱め、スプーンでひとさじ味見をした築山さんはふわりと笑ってゆっくりやさしく鍋をかきまぜる。空気が流れて薫りが舞う。一瞬で、その薫りに心奪われて息を吐いて弛緩する。迷いなく最高だ。

「実はこの学校には坂下さんに頭を下げてもぐり込んだんです。申し込み時期も終わって、抽選で落ちる人もいるのに、どうしても入りたいんですって連絡して。理由を説明したら期間限定ならいいよって言ってくださって。半分以上、現実から逃げるために入ったようなものなんですけど。来て良かったな」

グレービーソースの上に、湯から上げた米を重ねていく。

「こんなに、ビリヤニを好きな人たちに会えると思わなかった」

一層目、米はまだ少し固い。だからこそ、グレービーソースに詰まったスパイスやうま味をぎゅっと吸収してくれる。

「馬鹿みたいに喧嘩したのも見られちゃったけど、おかげですっきりしました」

二層目、塩気をふくんだ米がふわりと重ねられ、スパイスから受けとる香気と蒸気に包まれる。

「皆が持っているスパイス道を全部のぞきながら進んでみようかなぁって思っているところです。もっともっと、凄いスパイスや使い方を勉強して、トカちゃんをうならせたいな」

三層目、純白の米は凛として、まばゆく光るように見えた。

黄金色のサフランミルクを回しかけ、蓋をする。

「アンジェリー・スパイス!!」

　画面から絶叫が聞こえて、はっとする。すっかり調理に夢中になって、オンラインにつながっていたことを忘れていた。何事かと画面をのぞき込むと、中村の映るものとは違うビデオがオンになっていて、巨大なビリヤニ鍋にしがみつくようにして画面に顔を寄せる男性がいた。その瞳のきらめきは、鹿野さんと中村にどことなく近い。

「お父さん……。こっちのビリヤニ、画面に映っちゃったよ……」

　切なげなアンジェリーの声が響く。確かに盛大なネタばらしだ。アンジェリーのお父さんはまったく気にする素振りをみせない。

「スパイスの勉強って言いましたね？　言いましたね？　そういうときのアンジェリー・スパイスですよ！　人がひとりで創造できることなんてわずかですからね。開発したてのビリヤニマサラがありますよ。凄いですよ。ね、ナカムラさん？」

「……まだうまく話せるほど乗り越えられてない経験なんだけど、とりあえず俺の命の結晶だと思って日本にお届けしたい」

「おもっ」

　簗山さんは一瞬たじろいで、すぐにやわらかく微笑んだ。

「でも、冒険の道具は多いに越したことはないですからね。今度買ってみます」

「なんなら、今度こちらに来ませんか？　新しいマサラの研究をすこーしだけ手伝ってくれたら格安で提供しますよ」

「いいんですか？　凄く興味あります！」

目を輝かせた築山さんを見て、アンジェリーのお父さんの目がすーっと細められる。なんていうか獲物を見つけた野生動物のような迫力がある。間髪《かんはつ》を容《い》れずに中村が言う。

「すみません。これ以上、被害者を増やさないでください」

「……失礼だなぁ、ナカムラさん」

中村の顔のこわばりを見て、いざと言うときは僕も築山さんを全力で止めようと心に決める。

鍋に米を投下してじっくりと炊き上げていく最後の時間はとても静かだった。しゅんしゅんと沸く鍋を、僕たちと画面の向こうの中村たちは一緒に見守っていた。

アンジェリーのおばあさんに言われたのだ。

仕上げはちゃんと料理の声をきくことだと。僕たちのビリヤニはどんな声を持っているのだろう。とろりと鍋を守る火を眺めながら、これから味わえるはずのものを祈るように待っていた。コポコポと沸騰する音がする。特別新しいチャレンジができたわけじゃない。万人に愛される味を開発したわけじゃない。それでも、いくつもある道のひとつひとつを自分たちで選んで探求することができたと思えた。井上さんも岸本さんも築山さんも、それぞれの好きがあって、一緒に作ったこの味に、これから色んな知識や技術を重ねあわせて深めていくのだろう。少しずつ変わっていくのだろうけど、芯にあるのはきっと同じ味で、ずっとつながっている気がする。

「いきますよ」

鍋の蓋をあけるのは井上さん。

ぶわぁっと湯気が立ち、すっと真っ直ぐに伸びた米が姿をみせる。画面の向こうからの歓声に押されるように井上さんはしゃもじですっとご飯を切るように鍋肌からひとすくい。ソースが現れる。そのまま平皿にふんわりと広げる。ふたすくい。ビリヤニは空気をふくんでぱらりと皿にこぼれる。築山さんが作ったヨーグルトソース・ライタを添え、岸本さんが切りたてのパクチーをふりかける。黄金色のソース、真っ白なバスマティライス、瑞々しい緑。これはとんでもないごちそうだ。はじまりの日と同じく僕の五感がうったえてくる。

「キシモトさん、こっちにもください！」

「キシモトさん、はやくはやく！　こっち来て！」

すがるようにアンジェリーのお母さんと叔母さんからうったえられた岸本さんが少したじろぐが、画面の奥に目をやって「お待たせしました」と笑顔を返す。その笑顔かビリヤニかどっちが一番の理由かわからないけど、今日一番の歓声が画面の向こうで轟《とどろ》いた。中村とアンジェリーが、せーの、と声を掛け合うように顔をみあわせて、運んできた大きな鍋の蓋をあける。立ちのぼる湯気に包まれるビリヤニが見えた。と、画面の外にかけだしたアンジェリーがすぐにもうひとつの鍋を抱えて戻ってくる。大きく手を振ってこちらに合図する。ゆっくりと、蓋を開ける。鍋にはなみなみのカレー。

「うちのおばあちゃんとナカムラが作った特製カレースープです！　ナカムラから、日本の皆さんにお届けしますよー！」

中村は満面の笑みでダブルピースサインを決めている。

心の準備ができていなかった。自分がどんな顔をしているのか見えなかったけど、僕の表情が見えたらしい中村がやわらかく笑う。

その顔をしみじみと眺めて、とにかく何か言わなければと声をふりしぼる。

「じゃあ、いただきます！」

後片付けを終え、４人そろって調理室を出る。

いつもより少しだけ丁寧に戸締まりした。

「明後日の研究発表は来ないんですか？」

「うん。店の再オープン前の準備があって」

「今日のオンライン動画を編集して流そうと思っているので、リンク送りますね」

「僕、編集手伝いますよ」

「……私も、実はときどき動画投稿するので、……お役に立てるかも」

「おぉ！」

　発表の準備をする3人とは、特別に別れを惜しむことなくさっぱりと手を振り合う。その素っ気なさは逆に良かった。すぐにまた会えるだろう、という信頼のように思えたから。

坂下さんが求めていた役割を果たせたのかは正直わからない。でも、この2週間のことを考えながら思い出すのは、色んな音や味を混じり合わせながらひとつの鍋の風景をつくりあげていく皆の真剣な顔だったり笑い声だったり。塗りつぶしたくなるような記憶はひとつも残らなかった。

　受付を通り抜けるとき、呼び止められた。

「坂下さんが帰る前に声かけてほしいって言ってましたよ。そこの講義室にまだいらっしゃいます」

　お礼を言って講義室の扉を開けると、時間がぐるりと巻き戻ったように感じた。土曜の朝、一番乗りで教室に来て、皆を待っているみたいだった。

「おわったみたいだね」

　中央より少し前の席に腰掛けて、書類を読んでいた坂下さんが顔をあげて言う。

　もちろん皆はいないし、僕の立場も違う。

「色々わからないままですけど、なんとか」

坂下さんはうなずいてくれた。

教室にいるのは僕と坂下さんだけ。空気はしんとして、机は整っている。坂下さんに向かってゆっくり歩きながら、誰かの見えない思い出に触れている気がした。そのうちのいくつかは僕や友人たち、そしてビリヤニチームのものも混じっているはずだ。

「いいんだよ。わからなくて」

坂下さんは前向きな声でそう言って強くうなずいた。

「いいんですか?」

「そ。いいんだよ」

今まで見てきた景色とこれから見ていくかもしれない景色を、うまくかけ合わせていけるだろうか。信じている味だって、ゆらぐかもしれない。色んなものが流れて、消えて、それでも。ぼやけているその先にいつかたどりつけるような気がする。まだどんな景色が待っているのかその様子は僕にはぜんぜんわからないけど。

「いいんですね」

「そ」

いつか見える風景を想像しながら一歩一歩、進んでいく。

インド編⑦〜バラナシの風に吹かれて〜

ナカムラが日本に戻る日曜日、あたしとナカムラはふたたびガンガーのほとりを歩いていた。あたしの通う大学、その周辺のお店を歩いてまわり、細い路地をまっすぐ進んで地面に置かれた商品を眺め見て、大通りを横切ってから川沿いに出た。晴天を受けて水面は輝き、地面は少しひび割れていた。並ぶ解体中の家を眺めて次は何ができるのかと話し合う。

あたしのいつも通りの暮らしをナカムラと一緒にめぐっていく。
こうやって歩く時間をつくれたのはキャラメルのおかげだ。

朝、ナカムラが準備を整えて中庭におりてきたとき、家族はみんな平静を装っていた。お母さんはいつも通りのフレンチトーストをたっぷり焼いた。おばあちゃんは嫌がるキャラメルをなで回す。叔母さんはたっぷりのチャイをひっきりなしにナカムラのカップに注ぎ続ける。お父さんは相変わらず部屋にこもって出てこない。

皆の中に隠れた感情はちらちら顔を出すものの、なんとかまだ表には出てきていない。いちおう、あたしたちはゲストハウスを経営しているわけだし、こういう甘くて痛い別れのつらさは慣れっこのはずだった。今日の太陽の光は変に明るくて、隠すべきものもさらけ出してしまいそうで緊張する。

「いや〜、ほんと世話になりました。ちょっと早いけどそろそろ行こうかと」

食べ終わったナカムラは時計をちらりと見て立ち上がる。

にっこりとあたしは微笑んでみせる。

「また来てね」

どんな人にも贈る言葉を口にする。

「おう」

どんな人も、また来るよ、って必ずうなずいてくれる。願いをこめて手を振り合うけど、本当にもう一度会える人はほんの一握り。

「忘れ物はないですか？」

おばあちゃんは背筋をのばしてきちんとした表情をつくる。

「ジンジャー・フレンチトースト、ちゃんと日本でつくるのよ」

お母さんはもう涙ぐんでる。

「……」

叔母さんはもう嗚咽《おえつ》してる。

　あたしはぐちゃぐちゃになりそうな気持ちをぐびりと飲み込んで、なんとか凌《しの》ぐ。泣いたらほんとのおわかれみたいじゃないか。ちょうどいいタイミングでキャラメルがおばあちゃんの手をすりぬけて、ナカムラの足元に身体をすりつける。

「うぉ〜し」

　キャラメルの頭をわしゃわしゃなで上げて、ナカムラが「んじゃ」とつぶやいた。みんななんとなく動けない。ナカムラは顔をキャラメルに近づけてもうひとなで。それから顔をあげた。あたしたちの首のうしろを風がやわらかくなで上げて、もう時間だよと教えてくれる。すっかりおばあちゃんも半泣きになっている。

　にゃ〜。

　キャラメルは愛おしそうに鳴いてみせる。

　ナカムラが何か言いたげに口を開けかける。

「ナカムラさ〜ん!!」

　いつも以上に髪がぼさぼさのお父さんがキッチンから飛び出してきた。あぁ、お父さんだって別れを惜しむことがあるのか。しんみり気分が最高潮に達した。

「すんごいスパイス・マサラのアイディアを思いついたんですよっ！　お願い、ぎりぎりまで手伝って!!　なんならあと3日私に時間をくださいよ〜!!!」

「げっ」

ナカムラがじりじりと後退する。お父さんがナカムラの動きにあわせて手を伸ばす。

「キャラメルっ！」

あたしが祈るように叫ぶのと、キャラメルがはらりと宙に舞うのはほぼ同時だった。なめらかな曲線をえがきながらキャラメルは身体を器用に回転させて、のびて、頭からお父さんの胸に飛び込んだ。一瞬のはずなのに、とてもゆっくりと感じた瞬間だった。あの巨体が生み出したとは思えない芸術的な技。

「おぉ〜」

思わず声をあげたおばあちゃんたち。

「ぎゃふっ」

キャラメルとともに転がり尻餅《しりもち》をつくお父さん。

そのすきをついてあたしはナカムラの手をとって走り出す。

「ナカムラ！　逃げるよ！　お母さん！　ナカムラの荷物は駅に運んでおいて！」

「まかせてっ」

「え!?　うわっ。わ、わかった」

走るなんてこと、怠惰《たいだ》なあたしは普段まったくしていないけど、妙に足が軽くどこまでも走れそうな気分だった。ゲストハウスを飛び出して、なりふりかまわず道をかけぬける。

ふっと気づいたときには、ガンガーが太陽の光を受けてまばゆく輝いているのが見えた。

「ひぇー。アンジェリー足早いなぁ」

「わわっ。ごめん」

ナカムラを引きずるように走り続けてしまった。あわてて手を離す。離れたあたしの手のひらはとても熱かった。

「いや、どうせ最後に街をもひとまわりしていこうと思ってたからちょうどいいよ」

ナカムラは河に向かうように歩きかけ、思い直したようにあたしをふり返る。

「なぁ。アンジェリーが普段行く場所を案内してよ」

そういうわけで、あたしは時間がゆるす限り街を案内した。ただ歩いた。間違いなくそろそろ空港に向かう時間だった。あたしはだんだん口をきかなくなっていた。

駅が見えてきたところでナカムラは歩みをゆるめ、リュックを背負い直す。

「んじゃ」

そう言って立ち止まる。

「ナカムラ」

「おう」

あたしの中からたくさんのものがあふれ出しそうで、取り出すべき言葉を見失いそうになる。胸がぎゅっと痛いのは、言葉がつまりすぎているせいだろうか。

「もう来なくていいよ」

あたしはずっと言おうと思っていた言葉をようやく投げつける。さすがにナカムラが表情を変える。目の奥がゆれる。なんだかわからないものを投げつけてしまったと後悔をしている暇はない。一生懸命次の言葉をつむぐ。

「だって」

世界がひっくり返りそうなくらいなんだか鼓動《こどう》が速い。走ったせいに違いないんだけど、こんなに長い間続くなんて病院に行った方がいいだろうか。とにかくいまはもっと大切なことがある。

「次は、あたしが、日本に行ってあげるから」

ナカムラは表情を覆っていた薄い膜を放り投げるように一気に破顔した。

そして、あたしの手に何かを差し出した。

「連絡しろよ！」

かわいらしいショップカードはお店の名前と住所が書いてある。右下に小さな花により添うような白いネコの絵。

「えっと、ネコと、カレーライス？　お店の名前？」

「そ。言っただろ。俺、白ネコとは縁があるって。ま、由来については今度日本に来たときのお楽しみ」

ネコとカレーライス。お店の名前が書かれたカードをあたしはしっかりと握る。これがあればナカムラにいつだってつながることができる。小さく薄い紙なのにとても大切な重さがあった。ガンガーの風があたしたちを包む。この風はきっと日本にもほんの少しはつながっている。ナカムラのいる場所につながる風が吹くこの街、ナカムラと一緒にたくさん歩いたこの街。ずっと忘れることのない特別な場所になったここはあたしの街だ。あたしははじめてそう思えた。

エピローグ

昼下がりの月曜日、店は2週間前と何も変わらずにそこにあった。もちろん、水濡れはすっかり乾き、僕らが出入りしなかった時間の分だけうっすらとほこりがつもっている場所もある。中に入って荷物を置いて、自宅に連れ帰っていたカレーリーフの菜々子を床に置く。菜々子も無事に戻って来られて嬉しそうだ。それから、懐かしい薫りがした。扉を開けた瞬間、最初はわからなかった。テンパリングをしたときのような華やかさはないけど、この店からゆっくり確かに広がっていくような薫りだった。その薫りをかぎながら、ここはやっぱり僕と中村のふたりの店なのだ。そんな当たり前のことを、ふと思った。

窓を開け放って掃除をして、営業再開に向けての仕込みをしようとしたとき、から－ん、と軽快な音をたてて扉が開いた。

「ただいま～」

中村だ。出迎える照れくささが少し湧く。いつも通りにしなければ、とできるだけ軽やかに返事をしようと試みる。

「おかえ……うわっ、なんだよその荷物!?」

いつも通りは消し飛んだ。中村は上半身がすっぽりと隠れるくらい巨大なビリヤニ鍋を抱えていた。

「だろうね」

「餞別《せんべつ》にもらった。あぁ〜、重かった」

机に鍋を置いた中村が肩と両腕をぶらぶらと振りながらようやく顔をあげて照れくさそうににっと笑う。

「久しぶりだな」

「だね」

そう言って、それから、やっぱり付け足した。

「おかえり」

中村はにっと笑う。

「ただいま。っていうかお前もな！」

大きくうなずいて僕もこたえる。

「ただいま」

帰ってきた。ようやく静かすぎた店が動き出す気配が戻ってきた。突然ふってわいたこの2週間で何ができるようになったのかはっきりとした実感はない。何もないのかもしれない。ただ、今はここでカレーを作りたいと真っ直ぐに思う。僕たちが作る料理をどうにかもっと先に進めたい良くしたいと溺《おぼ》れそうだったけど、本当はここに来てくれるお客さんたちに僕たちが紡げるおいしさを丁寧に差し出すことを考えなければいけなかった。店の中をぐるりと見渡す。カウンターに4席、4人掛けのテーブルがふたつ、淡いグリーンを基調とした壁の一面には、大輪の花の絵。きっと中村が見てきたこと経験したことも、消えずにいつの間にかこの店の気配に重なって違う味わいが生まれていく。

まずは中村とこの2週間のことをもっと話したい。さっそく、中村が僕のために必死に持って帰ってきてくれたお土産に手を伸ばす。

「な、なかむら……」

「どう？　俺がデザインした日本らしいパッケージ。鹿野さんとは話がついてるからすぐ発売開始」

「発売すんの!?　これ、僕じゃん!?」

ビリヤニマサラと書かれたパッケージには、でかでかと顔が印刷されている。キャラクターっぽくデフォルトされてはいるけれど、見る人が見たら絶対にわかる。しかも。

「なんだよこのＭａｔｓｕｍｏｔｏ風味って」

「シリーズ化を考慮してとりあえず。日本っぽいネーミングがいいって言うから」

「中村ーっ」

僕と中村の声が響く店の外で、かすかに小さな声がなる。みゃおん。おかえりと言うようなやわらかな響きに僕と中村が気づくのはもう少しだけあとのこと。

■参考文献
ビリヤニ　とびきり美味しいスパイスご飯を作る！／水野仁輔　朝日新聞出版
家庭で作れる　東西南北の伝統インド料理／香取薫　河出書房新社

あとがき

アンジェリーに出会ったのはロンドンの北の小さな町にある小さな図書館でした。木曜日の13時半。パンとコーヒーまたはちょっとしたビスケットを持って集まるのは私を含めた4、5人の英語を母語としない移民たち。アンジェリーはいつも5分ほど遅れてやってきて、その1週間の出来事がどれだけ素晴らしかったか私たちにたくさん話してくれて、同じくらいたくさん質問してくれた。どれだけつたなくても言葉にすることで、誰かと泣いたり笑ったり。彼女の後ろにある大きな窓からは、ただ晴れやかな空がいつも見えていたことを覚えています。

2020年の春がやってくる直前、ロンドンの街は閉ざされて、当然図書館も開くことはなくなりました。そこに行けば会えると思っていた日常が失われてしまうと連絡を取り合うすべはなく、アンジェリーとは会えなくなってしまいました。

そんな風にある日突然変わってしまうことはたくさんあるのだと気づかされたから、出会った人たちと歩んだ冒険の切れ端である前作を形にすることができたのだと思います。

今作では、アンジェリーの力を借りて、中村くんにはちょっと遠くに出向いてもらいました。日本を離れても割といつも通りにみえる彼だけど、新しい誰かと笑い合えば心が解けていくこともありました。松本くんも、なんだか忙しい日々の中で忘れかけていたことを、新旧の仲間たちと言葉を交わしていくことでつかみ直していきます。そんなふたりのちょっとした成長を見守っていただいて有難うございます。

そして、何よりもやっぱりスパイスは本当に凄いですね。今作の中でも再びたくさんの出会いがありましたが、本書をきっかけにスパイスやビリヤニに興味を持っていただけたら幸せです。

前作を書いていた時よりもずっとスパイスは身近になってきて、スパイスの素晴らしさなんて何をいまさら、という方も多いのではないでしょうか。それはなんとも最高です。ぜひとも本作をお供により深いスパイスの世界を楽しんでください。

最後になりましたが、本書の出版に携わってくださった関係者の皆様、誠に有難うございます。たくさんの人々に支えていただいて今回も形にすることができました。

ひとつまみのスパイスのように、少しでも皆様の心をときめかすことができたら幸いです。

令和六年一月　藤野ふじの

ことのは文庫

ネコとカレーライス
ビリヤニとガンジスの朝焼《あさや》け

2024年1月27日　初版発行

著者　藤野《ふじの》ふじの
発行人　子安喜美子
編集　尾中麻由果
印刷所　株式会社広済堂ネクスト
発行　株式会社マイクロマガジン社
URL：https://micromagazine.co.jp/
〒104-0041
東京都中央区新富1-3-7 ヨドコウビル
TEL.03-3206-1641 FAX.03-3551-1208（販売部）
TEL.03-3551-9563 FAX.03-3551-9565（編集部）

本書は、小説投稿サイト「エブリスタ」（https://estar.jp/）に掲載されていた作品をシリーズ化し、新たに書き下ろしたものです。
定価はカバーに印刷されています。

ISBN978-4-86716-518-8　C0193
乱丁、落丁本はお取り替えいたします。